I0674684

LE
CRI D'ALERTE

ou

INDUSTRIALISME

EN CAMPAGNE

Par L.-A. d'ESMOND.

(... Garde à vous !)

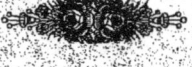

MOULINS,   BESANÇON,
IRIE GOURJON DULAC,   LIBRAIRIE BULLE,
Rue Saint-Pierre.

1863

LE

CRI D'ALERTE

OU

L'INDUSTRIALISME

EN CAMPAGNE

Par L.-A. d'ESMOND.

(... Garde à vous!)

MOULINS,
LIBRAIRIE GOURJON DULAC,
Rue Saint-Pierre.

BESANÇON,
LIBRAIRIE BULLE.

1863

C.

AVANT-PROPOS.

———

Rappeler le souvenir des mauvais jours, des époques néfastes, c'est remplir un devoir, c'est signaler le passé au profit de l'avenir.

Si l'esprit d'ordre nous impose la reconnaissance des faits accomplis, apportons dans notre soumission aux événements la franchise, la loyauté d'une foi vive.

Et bien que cet écrit ne s'adresse spécialement qu'à nos bons voisins qui envisagent le temps qui passe avec la passive contenance de nos bœufs qui labourent, c'est que ma voix et ma plume ne peuvent avoir une portée au-delà des sillons circonvoisins ; que d'ailleurs, il suffit à la campagne d'un simple *cri d'alerte*, du cri : au feu ! aux loups ! pour rallier les sympathiques efforts de la confraternité à une mutualité de défense et de bien-être.

Aussi, joignant mes vœux à ceux qui se forment autour du clocher du village, j'ose espérer que leur heureux concert ait la valeur d'une prière ; que Dieu veuille protéger nos campagnes du fléau de l'industrialisme ; que sa providence veuille dérouter les manœuvres envahissantes de la chicane, comme elle soutient, en haut lieu , l'immobilité du Roc apostolique, qui ne laisse de dominer le clapotis des flots émanant de la révolte et de sauver le principe du droit, base de la justice et de l'or-

dre protecteur, qui progresse avec une majestueuse
bienveillance sous les bannières du christianisme qui,
éclairé par le phare de l'infaillibité, découvre, stimule
et attire au port du salut les masses militantes des
croyants prêtes à passer par les épreuves de l'ordalie,
s'il était permis au progrès de regarder en arrière ou
de douter de la puissance de la foi.

Et bien que l'ordre n'ait pas à craindre ni l'exubérance, ni même l'extravagance du génie ; que la liberté
de la presse soit un droit naturel comme la faculté d'exprimer sa pensée, l'imprimerie n'est pas moins assujettie
à un frein préventif ! Or, saluons ce qui est, tout en es-
pérant mieux ; car l'espoir est une bénédiction providentielle, une puissance auxiliaire qui aide, qui donne
du nerf au progrès, du jarret à l'attelage qui défriche,
de la vigueur jusqu'à la faible plume du soldat campagnard, dont les prétentions se bornent à rapporter des
faits, à signaler superficiellement l'*industrialisme* aux
époques de transition gouvernementale, tout en livrant
la chose publique aux plus compétents, qui veillent de
droit acquis sur les profondeurs de l'ordre social.

Si, en écrivant ces quelques pages, j'emploie sans recherche l'idiome usuel du village et du camp, c'est que
par cela même, mon style, émancipé des exigences de
« l'art de bien dire, » suit le cours de mes idées et du
sens commun ; doux et double privilége acquis à la
plume d'oie et à un négligé de campagne, sous condition toutefois que le lecteur, d'une indulgence trop bien-
veillante, ne soit pas tributaire d'une trop forte somme
de patience, dont la valeur intrinsèque, voire même officielle, ne laisse de s'estimer au cours du jour : de là,
j'ai dû me prescrire un devoir corrélatif, celui de couvrir une uniformité monotone sous une diversité d'as-

pects, et d'une nature plus ou moins sérieuse, rustique,
soldatesque peut-être. Aussi me suis-je flatté d'échapper
à la règle sévère des exigences d'une critique officielle et
classique, en même temps que mon lecteur, non moins
heureux, se livre à la distraction de la nouveauté pré-
vue par l'imprescriptible loi du progrès. Avec lui, je
pêche tantôt dans l'eau trouble, et tantôt, avec sollicitude, il prête l'oreille à mon *cri d'alerte*, qui signale la
hardiesse d'une guerre rapace faite aux bergeries, aux
pasteurs des troupeaux, enfin, aux propriétés rurales !

Disons aussi que, le kaléioscope en main, il peut
s'émerveiller d'un étrange effet d'optique, de la subite
fantasmagorie ou déconfiture de l'ordre naturel, d'un
état de choses sens dessus-dessous qui arrache du fond
des entrailles du monde chrétien et pensant l'exclama-
tion de la foi prédestinée du monde païen : *O tempora,
ô mores !*

Et bien que la nature morale, comme la nature phy-
sique, subisse des variations selon les temps et leurs
impressions, nous pouvons néanmoins, au xixe siècle
du christianisme, concevoir l'espérance que, sous les
auspices d'un génie qui sait coordonner la liberté impériale avec la gloire et le progrès, notre cri d'alerte n'aura
pas le sort du *vox clamantis in deserto ;* mais éclairé
et vibrant dans une atmosphère pure, il devient le véhicule de la vérité qui porte avec elle de naïves et rustiques épreuves ; preuves écrites qui dispensent du com-
mentaire, de la glose, et qui dorment, dans leurs car-
tons, du sommeil du juste, persuadés que de bienveillantes sollicitudes pour le bon droit nous dispenseront
de provoquer leur réveil.

Aussi, dans l'attente de mieux atteindre le but de nos
désirs et de mieux rendre nos impressions, nous avons

dû emboîter le pas du progrès et respecter son vocabulaire, bien que ses locutions soient subversives de la langue usuelle !

Ainsi, accueillons-nous le mot *anonyme* pour désigner l'auteur qui prétend se cacher avec un apparent éclat. Bandits ou *brigands* est la qualification officielle des volontaires qui se rallient pour la défense de la patrie, pour la conservation de la dynastie de leurs rois et des institutions nationales.

Bifurcation est un système d'enseignement compassé en deux branches qui paralyse le génie libre pour mieux asservir le progrès bien ordonné des intelligences. Et malgré que *catholique* soit celui qui professe la religion universelle et primitive du chrétien, *catholique sincère* n'est pas moins celui qui prétend subordonner la foi à la matière, le Vicaire du Christ aux pouvoirs temporels, aux variations de leur politique chatoyante, les travaux apostoliques aux deniers de saint Pierre, aussi bien qu'à la douteuse munificence des puissances belligérantes. *Despotisme* est à la fois un pouvoir capricieux, effréné, anti-progressif et anti-chrétien, qui trône dans un palais au mépris de la rue ; aussi, certains mythologues populaires le révèrent comme père de la révolte, divinité propice à l'industrialisme, pouvant tout faire, sinon, « un bâton sans deux bouts ! » *Fait accompli* signifie usurpation de vive force. *Fait d'armes* est l'euphémisme d'assassinat en masse et par guet-àpens. *Fait jugé*, le synonyme d'usurpation ou de condamnation judiciaire sans recours. *Industrialisme* : la recherche de la fortune par des moyens d'autant plus vils qu'ils sont plus spécieux. *Industrialisme* (haut) : la recherche de la fortune avec une haute position sociale et par des moyens révolutionnaires ou inconstitutionnels. *Intervention amicale* suppose un conseil ou avis ambigu. *Intervention armée*, assassinat prémédité, avec invasion et pillage. *Intervention* (non) : conspiration clandestine. *Liberté* (au figuré, et dans un sens révolutionnaire), fille impudique de la révolte et prostituée au despotisme. *Plébiscite*, décret émané de la plébicule ou majorité d'une population. Et bien que *progrès* puisse exprimer un mouvement spiral des efforts de l'intelligence humaine (1). *Progrès avancé* ne nous semble pas moins exprimer un mouvement d'une vitesse désordonnée et sujette à commotion. *République*, gouvernement démocratique, temporaire ou de transition. *Républicain blanc*, le patriote dévoué à la chose publique sous les auspices du christianisme. *Républicain rouge*, partisan du désordre, adversaire du progrès intellectuel et du bien-être général, anarchiste. *Républicain rose*, qui n'est ni blanc ni rouge, mais agitateur et hardi partisan des faits accomplis ou du droit léonien. *Unification*, œuvre matérielle, est l'absorption ou la paralysie du génie particulier de divers peuples, par une annexion qui les soumet à une seule domination.

Disons enfin que, si nos pensées s'inspirent par la tendance de l'âme émue et par sa réaction sur la matière impressionnable, leur transmission s'opère par le langage ou des signes vocaux, coordonnés avec plus ou moins de netteté et de justesse ; de là, il résulte que le vocabulaire contemporain, sous l'impression d'événements et de commotions, porte le cachet de l'époque et s'interposant entre Aristarque et l'auteur, assume la responsabilité d'un idiome et d'un style révolutionnés.

(1) Goëthe, sur la perfectibilité de l'esprit humain.

I.

Le Cri d'alerte de l'observateur rural. — Les Dupes et les Dupeurs. — Le Stigmate. — L'Imprescriptibilité des lois divines.
— Les Efforts anti-progressifs ou révolutionnaires.

Du fond de ma campagne, à une époque sinon
néfaste ou de reculade par transgression, du moins
de progrès-gazéiforme, comme serait le chemine-
ment furtif d'une transition sociale, qu'il me soit
permis, sous les auspices de l'intérêt que je porte
à mes bons voisins des alentours et à mes concitoyens au loin, de lever la voix d'observateur,
comme il m'était quelquefois arrivé la veille d'une
tourmente, et de leur crier : Garde à vous! sous
la protection de la divinité de la campagne, de l'im-
mobile borne, de ce dieu Terme dont la stabilité

défie et la violence de Mars et la sagacité de Mi-
nerve ; et, bien que les foudres de Jupiter même
ne puissent mordre dans le roc sur lequel reposent
les principes sacrés du droit, de la justice et du
progrès de la civilisation chrétienne, il est toujours
bon de surveiller nos héritages.

Ce cri du cœur et d'alerte, cette parole aussi
fronçaise que militaire, aussi intelligible au village
que sur les remparts de la citadelle, part du for in-
térieur comme l'expression puissante de l'âme qui
veille et qui réveille d'une torpeur qui accuse une
inaction d'esprit peu conforme au mouvement du
génie de notre époque, qui dort d'autant moins qu'il
spécule davantage.

Toutefois, ce cri du soldat n'est à l'adresse des
gens de guerre que lorsque, rentrés dans leurs
foyers, ils reprennent les travaux de la campagne,
l'esprit, le cœur et l'âme trop façonnés à la vie
militaire, aux sentiments honnêtes, pour n'avoir
pas à craindre un fâcheux noviciat, circonvenu par
la cauteleuse et puissante duperie qu'exercent, sous
la protection et le prestige de nos institutions, les
gardiens *soi-disant* officiels de la propriété, qui ex-

exploitent trop facilement, dans l'atmosphère brumeuse de l'industrialisme et la confiance des âmes supérieures et les cœurs non moins religieusement philantropiques des femmes, des mères de famille, qu'une mort prématurée prive d'un naturel appui aux époques d'une exubérance d'ambition, de spéculation et d'un trop libre échange.

Quoi qu'il en soit, nous ne pouvons supposer un seul instant que le simple rapport d'une vérité à déplorer puisse s'interpréter comme d'un trait malicieux, ou admettre que, visé à l'individu, le trait puisse atteindre l'honorable corps dont cet individu n'est qu'un membre vicieux. La sainteté du ministère n'a jamais supporté les vices du ministre ; et s'il y a impression stigmatique, elle ne flétrit que le coupable, qui se croyait assez habile pour se couvrir du prestige de l'éclatante vertu de l'ordre auquel il appartenait ; de même, le *sauve-qui-peut* qui se lève, qui part d'une glorieuse phalange, ne signale qu'une lâcheté individuelle conspirant un ébranlement de la masse, pour mieux atteindre le but d'un égoïsme poltron. Or, et grâce à l'empire de la légitimité, à la puissance du droit signalé

par l'immobilité des bornes et consacré par la tradition, la phalange ne prendra pas le change, et le
peuple en masse accueillera le cri de la sentinelle
qui veille sur la poudrière, sur la propriété et ses
droits acquis ; qui dépiste avec un noble dévouement bien accentué la souplesse de l'intrigue et les
furtives allures d'une spoliation, bien que judiciaire.
Aussi la magistrature recule devant l'obliquité con-
damnée par les arrêts imprescriptibles de la religion chrétienne, à laquelle la raison et la conscience reconnaissent une origine céleste, et dont la
foi sauvegarde non seulement l'ordre public et les
nationalités, mais aussi les prétentions de tous les
peuples qui peuvent, par leurs lumières, contribuer
au progrès de l'humanité et concourir à la confraternité du genre humain, première assise de l'édifice social, que l'industrialisme d'un infime égoïsme
semble vouloir ébranler au nom même de l'édification et du progrès, dont le point de départ a dû
être la rédemption de l'humanité, et qui a déjà atteint providentiellement plus d'un jalon bien sail-
lant sur la ligne qui aboutit à la fraternité évangélique, malgré les efforts sataniques d'une opposition

rebelle et pharisaïque, d'autant plus à déplorer par l'esprit progressif du christianisme, que cette basse coalition ne laisse de manœuvrer dans nos campagnes, d'exciter le choc des intérêts, et d'y provoquer, si je peux m'exprimer ainsi, l'esprit d'une jacquerie processive, toujours prête aux événements subversifs de l'ordre, et à faire emboîter le pas d'une révolte des masses urbaines, sous les auspices d'un génie à double vue, dont il sera question dès que nous aborderons la hardiesse aventureuse du haut industrialisme, qui prend un caractère européen, également antipathique au progrès de la civilisation et aux lumières intellectuelles, qui ne laissent cependant que de resplendir sur le XIXe siècle de l'ère chrétienne, en dépit de menées et des manœuvres rétrogrades de la mécréance, qui agite et exploite une niaise crédulité moutonnière, au nom des vœux de la plébicule, soit disant du peuple, arbitre du destin et des nationalités.

II.

L'industrie immorale ou *industrialisme*. — Epoques qui la favorisent.—La Bascule spéculative.— Les Finauds au centre de gravité.—Les Gens d'affaires, leur affiliation.— L'Union fait la force.
— Numéros restrictifs, leur appréciation. —Le Tabellion et le
Génie de la chicane. — L'Ere de la bonhommie. — L'Ere des
associations , de clapotage populaire et de moquerie sardo-
nienne. — Les Illusions révolutionnaires. — Les Crapauds
fourvoyés. — Réflexions d'ouvriers.

Il tombe immédiatement sous les sens qu'une
industrie aussi immorale ne saurait se soutenir
qu'aux époques de malaise, d'inquiétude et de
complète subversion de la liberté légale, alors
que les éléments de l'ordre se heurtent par une action anormale, résultant du déboîtement de l'engre-
nage de la machine gouvernementale, faussée dans

l'agencement primitif, ou par négligence, ou par le laisser-aller d'une ambition avisée, qui aspire à une fin proposée !

Toujours est-il que c'est dans cet état des choses que la hausse et la baisse de la spéculation préoccupent l'esprit agioteur, que les finauds civils, militaires et judiciaires se tiennent au centre de gravité de la bascule, et que les gens avisés, adroits et rompus aux subtilités des contestations, versés dans la langue dorée et tortueuse d'une spécieuse verbosité, soufflent dans les campagnes leurs insinuations captieuses, qui surprennent la bonne foi et livrent à la chicane spoliatrice les hommes les plus honnêtes, les familles les plus honorables.

Dépositaires des *titres*, certains interprètes de la loi, ou scribes des prétentions en litige, sont trop circonspects pour se livrer à leur combinaison de roués légistes, sans être ralliés en société, sous les auspices du savoir-faire et d'un intérêt commun.

Ici, comme ailleurs, l'union fait la force, l'affiliation ne l'ignore point ; et ce qui n'est pas moins à sa connaissance, c'est qu'en fait d'*industrialisme*, l'union est d'autant plus difficile à maintenir que le nombre des affiliés est moins soumis à une juste appréciation ; trop forte, et ne pouvant s'appuyer sur la légalité, l'union s'affaisse, se rompt, se sépare et tombe sous la charge obligée du ministère public.

Trop faible, la coalition manque de force numérique ; elle est chétive, d'une vitalité douteuse, ou ne présente qu'un personnel sans consistance, tremblottant ; ses membres se corrodent par l'immoralité de la raison d'être, se fuient et se dissolvent par autant de poltronerie que d'égoïsme.

Nous sommes déjà loin de ces temps où le vertueux, le modeste et digne tabellion accueillait les parties contractantes sous les auspices des descendants de saint Louis, recevait une déclaration par laquelle elles s'obligeaient mutuellement ; aussi bornait-il ses prétentions à ses honoraires, après avoir rempli sa mission avec la religieuse intégrité du notariat, strict observateur de la règle, de la formule, toujours redoutable au génie de la chicane, au subtil et tortueux esprit d'une procédure captieuse.

Ces temps de bonne foi et de bonhommie, où la langue, encore vierge du mensonge, ne parlait que pour rendre les souhaits du cœur et l'impression de la conscience ; ces temps se sont enfuis dans le passé et ne se laissent apercevoir de nos jours qu'à travers l'atmosphère douteuse de la chronique ou derrière l'épaisse fumée de la poussière et au milieu du bruit du clapotage des flots populaires que les plus avisés agitent, mettent en mouvement, réchauffent de patriotisme et d'exaltation de carrefour, pour mieux s'exhausser sur les mêmes barricades, d'où néanmoins leurs héros sont bientôt précipités : *Sic transit gloria mundi !*

Aussi, blessés au cœur par un rire malin de sardonien-corse (1), à l'instar de l'espèce infime des batraciens, ils sont condamnés à patauger et non à marcher, à progresser la tête haute, vers le noble but de l'humanité.

Dans cette ère d'industrie, d'innovations et d'associations anonymes, les habiles se recherchent, se reconnaissent, se rapprochent, s'examinent, se toisent, se pèsent, puis se constituent dans les bornes d'une légalité spécieuse, chacun y apportant

---

(1) Ce rire sardonique se retrouve encore en Corse et dans l'île de Sardaigne, avec toute sa finesse antique.

les ressources ou clientelle de sa profession : celle de notaire, d'avoué et d'avocat.

Cette coalition d'hommes d'affaires peut avoir pour nombre constitutif le chiffre 3, en raison des trois professions qui concourent à son inviolabilité processive ; mais elle admet jusqu'au nombre 5 dont l'union proverbiale se justifie par l'harmonie de la coopération des cinq doigts de la main qui s'emparent et qui serrent par la seule impression d'une volonté qui convoite.

Aussi, devient-elle d'autant plus hardie, entreprenante, assurée de succès, que ses membres exercent ostensiblement et officiellement des fonctions publiques au nom du pouvoir accrédité et du régime légal dont ils revêtissent les attributs, interprêtent la volonté et se couvrent de l'égide, comme jadis les défenseurs de l'innocence opprimée revêtissaient la robe, emblême de la pensée sérieuse, et dont le sombre tissu absorbait les chatoyantes et versatiles couleurs des passions humaines, pour s'attirer la juste et imposante considération à laquelle une raison profonde qui révèle une vérité immuable, a droit de prétendre.

Ne s'illusionnent-ils pas, ces pauvres richards, qui se pavanent d'un simulacre de popularité acquise par la magie d'une transformation presque subite de fortune et de position sociale? N'y a-t-il pas un prisme devant leurs yeux, qui caresse leur imagination, qui leur donne une fausse perception du beau, du solide, de l'honorable et d'eux-mêmes?... Un crapaud qui vit sous les voûtes d'un palais en est-il moins un reptile! Et la solidité de l'édifice se communique-t-elle à la chétive créature batracienne qui s'y est fourvoyée pendant le tourbillonnement révolutionnaire!... Et ces hardis et habiles ouvriers, du haut de leurs échafauds, prennent-ils le change sur la source de la fortune de ceux dont ils édifient la somptueuse demeure, en présence de tant de petits propriétaires expropriés, en présence de leurs propres familles déshéritées peut-être par une adroite procédure et un jugement rendu par un tribunal qui ne peut craindre le recours en appel, étant sauvegardé par les frais de la *justice* et le dénûment des spoliés?... Donc, faisons encore aux laborieux campagnards, aux soldats laboureurs, aux veuves tutrices de la jeune famille, ce cri sauveur d'un ami qui veille :

.... *Garde à vous !*

III

Fragilité des fortunes mal acquises. — Exploitation par coalition.
— Progrès, Civilisation, paroles chrétiennes. — Les Mécréants,
leur élévation, leur culbute. — Les Professions qui convien-
nent aux affiliations révolutionnaires. — Le Danger d'excès de
prévenance. — Succès des dupeurs.

Peut-on présumer qu'ayant édifié sur un terrain
à la fois mouvant et fangeux, l'édifice mal assis
puisse ne pas céder à la défectuosité de son origine,
s'ébranler, se surplomber, s'affaisser ou se précipiter, comme les puissances de peu de durée qu'en-
fante l'astuce aux sinistres préoccupations, sous la
protection avisée d'une coalition toujours éveillée
sur les événements, sur les occasions favorables,
propices au succès de ses vues, de ses entreprises,

et toujours prête à trompéter ces mots magiques :
progrès et *civilisation!* Mots chrétiens dans leur
acception définissable, puisqu'ils rendent une idée
morale et expriment un but déterminé ; mais, deux
mots vagabonds et barbares dans une acception in-
définie ; car la barbarie, comme la coalition anti-
sociale, sans but déterminé, ni idée morale pour
fortifier l'âme, ne saurait trouver une réponse nette
et précise à ces deux questions : « Où allez-vous ?
Quel charme éprouvez-vous dans le cœur, même
en contemplant votre succès ? »

Ne savent-ils pas, ces pitoyables créatures, ces
malheureux mécréants qui emploient l'entente de
la collusion, une franchise, une loyauté d'apparat,
avec une dévotion de tartuffe, que le ciel et la terre
ne se prêtent à leur élévation que pour mieux leur
infliger, par une justice providentielle, une projec-
tion de haut en bas proportionnelle à cette élévation ou au succès d'une fortune qui semble narguer des victimes.

La vieille tradition de probité du notariat et du
légiste est la base sur laquelle repose et s'élève la
fortune de ces hommes d'affaires qui exploitent *ex*

officio ceux qui se laissent prendre au piége d'une prévenante courtoisie, fond de l'éducation du notaire affilié ou qui prétend à l'affiliation de la docte coalition des gens de loi, dont la profession d'avoué fournit un membre très important, brisé aux roueries du métier. Ce légiste établit des éléments captieux, ou des vices de forme, dans l'intérêt du but commun, et après acte notarié, de manière à ce qu'un avocat entendu, chef de société, puisse coordonner, dorer et exposer l'affaire avec l'aplomb classique, et la fascination d'une onctueuse parole qui exalte la mauvaise cause devant la justice des hommes, dont le jugement, saccadé de *considérants*, est justifié par une humilité de commande, qui ne laisse de se draper et de se couvrir, en temps opportun, du manteau d'une dévotion édifiante : « *Errare humanum est.* »

C'est en vue de ce proverbe chrétien et charitable, qui court les tribunaux et les études des légistes, que la faiblesse de l'humanité puise ses forces ; que le sentiment du devoir emprunte à la charité évangélique, voire même au patriotisme, les ressorts d'un cœur dévoué au bien-être de la campa-

gne et à la prospérité du propriétaire rural, dont
la légitime préoccupation lui dérobe la clandestine
industrie dont le succès n'est jamais plus assuré
que lorsque le dévouement à l'ordre du jour se manifeste, non par l'enthousiasme de l'âme satisfaite,
mais par des vociférations pulmonaires, qui étour-
dissent le sens commun en faveur de l'ambition
égoïste, protectrice des fortunes surgies comme
elle d'une exaltation d'ivresse.

Nous pouvons donc admettre qu'il est dans le
vrai, celui qui ne se laisse ni enivrer ni séduire par
la trop courtoise prévenance ni par des acclamations
à perte d'haleine, moyens furtifs employés d'habitude par celui qui quête la popularité et la clien-
tèle, et qui ne se sent pas un fonds de valeur intrinsèque, mais qui sait pertinemment que l'exa-
gération, la prévenance et la courtoisie outrée sont
la fausse monnaie du mérite, de la bienveillance et
de la charité, et que l'imitation du vrai et du légal
est déjà un hommage rendu à la valeur réelle et à
l'excellence de ce qui est de bon aloi et de bon
droit. Il en résulte que le faux aloi est destiné à
avoir plus ou moins de cours, à contribuer à bien

des succès, et à faire une ou plusieurs dupes sur lesquelles pèse toute la gravité du forfait au profit des dupeurs.

———————

IV

Ce n'est pas en vain qu'une voix amie se fasse
entendre au milieu des populations agrestes; que
cette voix parte de haut en bas ou de bas en haut;
qu'elle se répercute dans les gorges des monta-
gnes, ne portant à l'oreille que le mystérieux ac-
cent de l'écho qui n'articule que la dernière syllabe
de la pensée amie; ou bien, avec plus de précision

et plus de clarté, qu'elle parcoure la plaine, et, de village en village, elle résume les vœux du pays : *union* et *fraternité*, dont le cri d'alerte est toujours... Garde à vous !!

Toujours aussi, est-il que cette voix sera accueillie parce qu'elle est sympathique, qu'elle est populaire et de nature à vibrer de clocher en clocher comme le véhicule des sentiments d'ordre, de justice et de prospérité ; car le clocher du village est le drapeau de la campagne ! C'est sous son ombre que germent les instincts qui doivent, en se développant, nous disposer à recevoir les principes le plus en rapport avec les besoins de notre avenir : ordre, travail, honnêteté et bienveillance; qui ne laissent toutefois que de se sauvegarder par la prudence qui devient, elle aussi, une vertu chrétienne en face du pharisaïsme officieux, de l'astucieux égoïsme dont le trop confiant cultivateur ou agreste propriétaire, le soldat laboureur et la veuve délaissée sont par trop souvent les points de mire. C'est de cette insatiable cupidité que surgissent la tourmente et la poussière révolutionnaires que des passions, disons moins sordides, en raison de leur

hardiesse, soufflent et soulèvent avec l'ardente as-
surance d'une ambition hors ligne, qui espère d'arrêter le progrès du christianisme en dégaînant le
glaive, et dans l'espoir de faire retour au césa-
risme par l'unification des Etats italiens, par la
destruction de leur puissance artistique et leurs
ateliers de beaux arts, à l'instar des barbares qui,
ne reconnaissant que la gloire du sang et de la poussière, narguent la civilisation, la justice et la foi
chrétienne.

La presse quotidienne a beau gémir sur les dé-
sastres qui surprennent les efforts de l'industrie
agricole ; sentinelle éveillée sur les intérêts privés
comme sur les intérêts publics, elle a beau accen-
tuer ses gémissements du cri d'alarme, sa voix mâle
et véridique est étouffée par les clameurs des ovations officielles ; et les vivats qui partent de l'am-
phithéâtre, qui acclament les héros de l'arène ont
quelques traits de ressemblance avec le vociférant
empressement d'un voleur au suprême degré, et
dont la bénigne audace élude tout soupçon.

Aussi, l'homme des champs, sous l'impression
continuelle de la nature agreste et du clocher pa-

roissial qui le retient au village, ne saurait se méfier du galbe, des prévenances et de tous les pres-
tiges apparents de l'honnêteté ; il en est dupe, et,
déjà, nous le répétons, le dupeur est au loin, laissant ses victimes déplorer le succès de l'usurpateur !

Et, en effet, au moment où se trace ce dernier
mot, synonyme de violence et de ruse, à déplorer
dans notre France chevaleresque, plus ambitieuse
de gloire que de lucre, je lis dans ma feuille quotidienne une annonce (d'autant plus fâcheuse, que de
semblables avis se répètent,) empruntée du *Moni-
teur de la Meurthe.* Il me sera permis de la tran-
scrire sous la pénible impression d'un triste à-pro-
pos : « M. B..., ancien notaire à Nominy, vient de
» s'enfuir, laissant un passif énorme ; cette banque-
» route (déconfiture) plonge dans la désolation un
» certain nombre de familles des cantons de No-
» miny et de Pont-à-Mousson. »

Pourquoi cette fuite ?... Parce qu'une fraude,
commise par un individu isolé, ne peut avoir de
protecteur. Personne n'est immédiatement inté-
ressé à s'interposer entre le prévenu spoliateur et

les gémissements des familles dépouillées, sinon l'accusateur officiel qui, dans la cause, peut avoir à se reprocher ou une complicité par apathie, ou un manque de surveillance imposée au magistrat chargé, par la communauté sociale, d'entretenir le feu sacré du devoir, sous peine de forfaiture.

Cette industrie, que nous déplorons, est néanmoins celle qui ne laisse de prévaloir aux époques néfastes et de calamités politiques, alors que les liens sociaux se relâchent, que les agents de la chose publique, livrés aux oscillations du doute, se balancent entre le passé et l'avenir, entre le régime de la vieille France monarchique et constitutionnelle, et le système plus impératif de la France nouvelle, dont l'époque intermédiaire des deux périodes est une espace transitoire où l'égoïsme manigance des prétentions et pêche dans l'eau trouble, sous les auspices du calme qui succède à la tempête, et dont les épaves mêmes se recueillent comme un don providentiel le lendemain du sinistre.

Heureux le pays qui sait couvrir ses malheurs de glorieux trophées ! et qui, sans fatiguer la victoire, se fie aux inspirations providentielles ; car le

Dieu des armées est l'âme de la justice. Le délinquant a beau enlever la fortune d'autrui, sa charge excédera ses forces.

Toutefois, d'après l'expérience qui gouverne toute la création animée et sensible, et par cela même, que nous qualifions l'*indicateur suprême*, ou le doigt de Dieu, nous croyons pouvoir admettre qu'il n'est pas d'un crime isolé, commis par un officier ministériel, comme d'un méfait dont la criminalité se couvre de l'égide protecteur d'une association de légistes : là le délinquant se sauve, se dérobe aux investigations d'une poursuite judiciaire; son isolement le livre bientôt aux recherches ; le poids de ses remords s'ajoute à celui de la charge de l'accusation, et force est de subir l'arrêt d'infamie qui atteint le forfait. Ici, au contraire, au lieu de faire le poltron enrichi par la fraude, on joue le champion du spolié; on lamente le sort de la victime, on devient le héros chevaleresque de la veuve, des orphelins, des mineurs, voire même du vieux brave, dont les nobles cicatrices, dignes d'envie, rappellent nos efforts à Waterloo, la valeur victorieuse en Espagne, en Morée, en Algérie, en Belgique,

en Crimée, aussi bien que cette mâle politique im-
pérative, armée et victorieuse sur le Mincio, qui a
préludé au succès du haut industrialisme, dont la
valeur hors ligne promet à la péninsule italique
une nationalité homogène, bien que les dépouilles
de la veuve et des orphelins soient son trophée significatif!! Qui vivra verra.

Aussi formons-nous des vœux pour que cette ag-
glomération de peuples, de mœurs et d'habitudes
disparates puisse donner moins lieu à une sinistre autopsie qu'à une autonomie qui prévient les
souhaits de la belle, gracieuse et artistique Italie,
qui ne laisse cependant que de faire déjà entendre
avec de désolants soupirs, les tristes accents d'une
voix douce et plaintive, entre-mêlés de bruit d'armes et de cris d'alerte, qui semblent accuser une
compression d'*unification* peu en rapport avec les
facultés et les habitudes diverses des populations
qui se trouvent dans les conditions de jouir plutôt d'une existence fédérative, bien articulée, que
de la vitalité douteuse ou moins animée des peuples d'un esprit plus facile à absorber, et qui cèdent, pendant cette absorption intellectuelle, à la

pression d'une centripétence administrative qui manœuvre ainsi la vaste machine de la *puissance publique.*

Quoi qu'il en soit, livrons cette courte digression à la parenthèse, et revenons au champion de la veuve, dont la pompeuse phraséologie, épuisant toutes les ressources du vocabulaire de l'esthétique, couvre les coupables de la bague de Gygès ; par là, donne le change à la justice, ou surprend la religion des Trois-Juges, dont l'enceinte du temple est l'inviolable sanctuaire où tout est sacrifié à l'équité, et où ne saurait se présumer une profanation du culte du vrai et du juste !... Inclinons-nous !!

Non, ils ne peuvent être coupables ! disons même soupçonnés, nos honorables et doctes amis du parquet, qui tiennent ce beau langage, digne de l'époque et du but du suffrage universel, et avec lesquels nous passons nos soirées d'hiver ; alors que les douces et chaleureuses sympathies de leurs cœurs satisfaits réchauffent l'amitié, et nous délassent des fatigues de notre tribunal tricéphale (1).

(1) Il est notoire que dans une affaire de cette importance, le *délibéré* a lieu à huis clos.

Admettons donc le doute, et notre responsabilité est à couvert devant le jugement des hommes, dont les plus sages sont sujets à erreur !... Devant l'omnipotence de Dieu, qui est *un abîme de majesté*, osons espérer d'y trouver aussi *un abîme de miséricorde !* Car la douce charité au regard azuré, favorite du ciel, consolatrice de la terre, couvre volontiers certaines iniquités de la justice humaine, et permet parfois que la prévarication, réfugiée sous le pli de son voile pudique, échappe à la sévérité d'une profonde ou consciencieuse appréciation ; d'ailleurs, ne sommes-nous pas autorisés, à une époque de progrès excessif des choses humaines, de nous incliner, en nous alarmant de la condition de la justice en ce monde transitoire et révolutionnaire, et qui, par cela même, suivant l'expression d'un grand magistrat, bien que « divine » dans sa source, devient néanmoins humaine parmi » les hommes, et porte, malgré elle, la marque de » leur valeur ou l'impression de leur instabilité. »

V

Nous venons de voir la jurisprudence du tribunal
de première instance en présence des prétentions
de la partie demanderesse.

Les traces de coalition ont dû s'effacer devant
un tribunal trop honnête et bienveillant pour admettre une présomption favorable à une cause qui
compromettait l'existence de citoyens marquants,
aussi le ministère public s'est-il tu !

3

Aux considérants du tribunal tricéphale succède l'arrêt qui déboute les spoliés, qui les condamne aux frais, *et cætera*.

Pour jeter plus de lumière sur cette industrie révolutionnaire, qu'il nous soit permis d'exposer des faits, de rapporter la chronique d'une province fidèle au progrès de la civilisation dix fois séculaire de la monarchie très chrétienne, et dont le socialisme le plus phylosophique et le plus avancé de l'enseignement phalanstérien ne saurait révoquer en doute la bonne foi.

En 1830, après la glorieuse conquête qui invite la barbarie nomade au festin et aux bienfaits de la civilisation, qui enlève le monopole de la Méditerranée aux écumeurs de mer, et qu'un hardi ébranlement de la chose publique paraît comme une vengeance exercée en faveur des corsaires, contre la France libre et constitutionnelle, un officier de l'armée royale, aussi éveillé sur l'avenir de son pays que sur les sacrifices imposés par le devoir, par l'honneur et par le glorieux prestige attaché au drapeau français, a dû rengaîner une épée qu'il ne pouvait plus porter pour le service du pays, de son Roi, et d'une légitimité aussi nationale que constitutionnelle !

De temps immémorial, les nobles travaux de la campagne deviennent les délassements et l'occupation des gens de guerre ; aussi, notre militaire, cadet de famille, après avoir poussé une reconnaissance en Belgique, où, n'ayant pas reconnu une autorité sympathisant avec l'esprit de la *noble terre de France*, qui aspirait toujours, sous l'influence de cette indépendance nationale importée avec la restauration de nos légitimes institutions , à étendre la circonscription territoriale jusqu'à l'extrême frontière que tracent providentiellement la langue, la religion et les mœurs du peuple campagnard ; qui est-ce qui peut, en effet, contester aux Belges comme aux populations du Haut et du Bas-Rhin, leurs droits à la qualité de citoyen français? si ce n'est, toutefois, quelque *équilibriste* qui convoite une chétive couronne, qui veut diviser un tout pour avoir une part, et qui se fait prédicant de républicanisme chez un peuple guerrier, pour mieux lui dérober ses armes, son bouclier peut-être !

Aussi, la juste méfiance de notre homme de

guerre a dû s'appesantir en présence de la mobile
nationalité d'un peuple improvisé sous l'inspiration et l'influence de l'étranger, dont l'esprit ne
laisse d'être chargé du soucieux ombrage que répandent nos bannières victorieuses en se déployant
en Espagne, en Grèce, en Afrique, etc., aux acclamations des peuples, qui saluent l'écusson aux trois
fleurs de lis, comme emblème de l'union, de la
force, comme le bouclier de la France très chrétienne... Bref, ayant rengaîné son épée, il s'est
livré à l'agriculture par l'acquisition d'une terre
dont les formalités légales rendent le noviciat d'acquéreur tributaire des gens de plume, qui sont
d'autant plus avisés que l'ordre public est plus
ébranlé par le conflit des passions et des ambitions
qui surgissent de l'indubitable commotion inhérente aux transpositions subites des pouvoirs et des
fonctions. Aussi la transition révolutionnaire est
estimée l'époque la plus favorable pour l'exploitation de l'*industrialisme* de certains gens d'affaires,
unis par un intérêt commun, renforcés par le contrôle formulaire des tribunaux et par les faisceaux
d'un triomphateur qui tient en main tous les fils

de la puissance araigneuse où doivent immanquablement se capturer bien de nobles cœurs qui
n'entendent ni ne préviennent la voix amie qui livre au vent d'un jour néfaste ce cri sauveur :
« Garde à vous ! »

A la fin de l'année du jour de l'acquisition, le
prix de vente a dû être définitivement payé devant
le notaire qui avait passé le contrat. Aussi, les parties contractantes sont-elles réunies en temps opportun devant l'officier ministériel pour le règlement de compte final.

Au moment de quittancer, des faux-fuyants se
lèvent de la part du vendeur, ami du notaire et de
ses parents, avocats marquants au tribunal de première instance, aussi bien qu'à la cour d'appel !

Cette hésitation irrite le militaire, qui se retire !
Retenu cependant par l'officier public nanti des
pièces justificatives du paiement de l'immeuble,
celui-ci engage les parties par une officieuse dé-
monstration à livrer le règlement définitif à un
mandataire commun, avoué distingué et collabora-
teur du père du notaire.

Il en est résulté un travail de légiste au préju-

dice de l'acquéreur , un compte bâclé, par acte
notarié, et enregistré dans les vingt-quatre heures,
sans que l'avoué mandataire ait eu connaissance
des pièces importantes (reçus et récépissés) con-
fiés à l'officieux empressement du notaire, qui af-
firme, toutefois, les avoir remises à l'avoué, son
ami, Mᵉ G*** (d'origine grecque). Celui-ci ne laisse
de renvoyer l'affirmation par une orageuse négation, à son ami Mᵉ ***, d'origine sardo-corse.

Inutile de rapporter que le conflit du *oui* et du
non fit éprouver au militaire une irritation névro-
fébrile d'autant plus vive qu'il se trouvait moins sur
son terrain. Il souffrait de l'idée même de ne pouvoir s'en prendre ni à l'un ni à l'autre des légistes !
semblable en quelque sorte au moribond qui, jadis,
rendait son âme sous la pénible impression du dé-
saccord de ses deux médecins, également célèbres,
et de même origine que les susdits hommes d'affaires, si nos souvenirs biographiques ne font pas
défaut.

Toujours est-il que la victime , ne pouvait s'en
prendre ni au notaire ni à l'avoué, dont les moyens
aboutissaient à la même fin, à la légalité ! c'est-à-

dire au succès par l'obtention à la barre du tribunal d'un arrêt qui prononçât la validité de l'acte
notarié précité, et par cela, celle d'une spoliation
juridique, révolutionnaire ou du *fait accompli,* pour
employer le langage moins légal qu'énergique, d'une
période impérieuse.

Donc, force est de paraître d'abord devant la
puissance tricéphale ou de première instance, puis
de poursuivre en appel, doublure dispendieuse du
premier ressort, mais toujours de mise pour arriver
à la cour suprême, dont les abords du temple, héris-
sés d'obstacles, sont d'un difficile accès pour les faibles qui, d'ordinaire, y succombent d'épuisement !!!

En effet, les prévisions de part et d'autre n'ont
pas porté à faux : le militaire est atteint en première instance, dont le jugement, attardé par la
non-signification et par des pourparlers, arrive
néanmoins en ricochet à la cour d'appel, où l'atten-
daient le père et le frère du notaire, sous les auspices d'un premier succès et d'une confraternité
judiciaire qui repousse le pourvoi, en confirmant
le jugement, purement et simplement, du tribunal
de première instance.

Cette hardie initiative de la cour, qui a préféré trancher le nœud que de s'y arrêter, fut accueillie au village avec d'autant moins de surprise, que le peuple agreste veut paraître plus prophète que raisonneur, plus questionneur que narrateur. Aussi Jean Bonhomme ne manque pas de rendre une idée crue sous une parabole d'une rustique transparence... Notre cause est perdue? Bon! Est-ce que les loups se mangent? Combien de temps encore seront-ils gardiens de nos bergeries?...

Bien que blessé par les feux des deux lignes convergentes qui couvrent les approches du tribunal suprême, le militaire a cru y arriver hardiment au pas de course, et atteindre la sommité où, en dernier ressort, devait se disputer une cause que sa conscience envisageait de haut en bas. Illusion! et doublement illusoire, de prétendre arriver sans obstacle à la culminante position qui domine une jurisprudence controversée à une époque où le titre de possession le plus légitime est celui qui s'obtient par une adresse dont les masses s'émerveillent, comme d'un hardi assaut au pouvoir, et dont le succès ne manque pas d'établir un précédent digne d'envie au point de vue des progressistes à outrance, qui envisagent les choses sublunaires les plus légitimement acquises, celles qui sont le produit de la coalition, de la ruse, de l'adresse renforcée par la voie de fait qui assomme ; ou par la faconde des orateurs clubistes qui ébahit la multitude aux extases !

Quoi qu'il en soit, ses consciencieuses prétentions de faire casser un double jugement qui le spolie, n'aboutissent qu'à un surcroît de frais par ses voyages, ses courses, ses recherches d'un mandataire homme de loi et de bon conseil, phénomène aussi captieux, dans la médiocrité de la profession de légiste que l'est le mirage champêtre qui ne laisse de dérouler la plus riante perspective à la crédule imagination du novice ; leurré par un songe, par une chimère, au gré d'une illusion qui le berce dans le vide par tous les attraits trompeurs d'une réalité spécieuse. Enfin, il importe de ne pas ignorer qu'en affaire de justice comme en affaire de guerre, le nerf est le même : de l'argent pour attaquer, de l'argent pour se défendre et de l'argent pour en finir. Aussi, au village, les prophètes gros bonnets

ne laissent que d'avoir une juste prévision de la solu-
tion des questions contentieuses internationales,
qui se débattent à l'heure qu'il est en terre neutre,
dans l'intérêt des parties et en présence des vœux
de la campagne, qui convoite chaudement les bras
échappés aux exigences de la gloire et de la prospérité des intéressés.

VI

Le Songe, le Doute, le Vrai. — Le bon côté en temps révolutionnaire. — L'Association de Légistes, sa Puissance, sa Tactique.
— Une Retraite simulée. — La Prescription légale. — Une Heureuse entente. — Hommage à qui de droit. — Le Repos, le
Voyage à Wise-Baden. — Une Digression tant soit peu oiseuse.
— Une Correspondance épistolaire. — Une Halte dans la boue .
— Succès du Temporisateur. — Le Coup du Nœud gordien est
réservé pour la bonne occasion. — Le Bêlement et le Beuglement des animaux se joignent à la voix des campagnards pour
solliciter une puissante protection.

Après le songe le réveil ; après le doute la révélation du vrai. Aussi pouvons-nous admettre qu'aux
époques révolutionnaires, disons plutôt volcaniques,
la bonne cause est toujours du bon côté, du côté
inverse de la pesanteur des masses ou du plus grand
nombre ; ce qui serait moins un produit de la ro-

tation régulière de la *roue de la fortune*, qui supposerait légalité ou légitimité, puisque le mouvement révolutionnaire, régulièrement progressif et non volcanique, ne serait qu'une subite transposition des pouvoirs en sens dessus dessous. Le volcan a beau vomir ses laves, elles graviteront toujours jusqu'au point d'appui, où le génie du bien prendra le dessus par la sublimité de sa nature, par l'action de sa puissance virtuelle et de son incompatibilité avec la lourde pression du génie de la matière grossière et malfaisante.

Quoi qu'il en soit, l'association de légistes, qui n'est qu'une contrefaçon adroite d'un ordre légitime, surgit du boursoufflement de l'ordre social ; elle est néanmoins puissante par sa coordination, la distribution de ses forces, par sa discipline et son ensemble, garantis par un intérêt commun ou le succès des opérations. Aussi, est-elle parvenue à intercepter les abords du tribunal suprême par toutes les ressources dilatoires qui sont familières aux gens de l'art, aux hommes pratiques qui savent, comme dit le militaire, faire marquer le pas, en élevant ou en creusant des obstacles, ou à l'instar du célèbre temporisateur de l'antiquité, qui a su vaincre par la tactique qui a immortalisé Fabius, et que nous osons traduire en termes de jurisprudence, d'après le vocabulaire corrompu de Tribonien, par *prescription légale*.

En effet, il n'y avait que la prescription qui pût empêcher le recours en cassation, et ce terrain de temporisation, envahi par la rusée coalition, il n'a fallu à cette ligue que de se mettre en relation d'affaires avec les légistes de l'adverse partie. Aussi a-t-il été décidé de part et d'autre, de temporiser jusqu'à l'extrême limite chrônométrique de quarante jours accordés au recours, et que, pour couvrir la ruse victorieuse, on blanchirait l'obscure connivence par un voyage aux eaux de Wise-Baden, ordonné *in extremis* d'après une consultation soidisant sanitaire.

Ainsi se justifie la judicieuse retraite du champion de la bonne cause, du *jus suum cuique tribuendi!*

Toutefois, à notre tour aussi, nous croyons devoir rendre cet hommage à l'éminente profession de légiste, en déclarant qu'elle a conduit l'entreprise avec toute l'habileté nécessaire pour se soustraire aux recherches d'une coupable intrigue, et pour déconcerter les investigations qui, d'habitude, succèdent aux évolutions de la rue, au soulèvement du désordre, à l'ambition agitatrice qui aspire à la paix et convoite le repos, après les fatigues des assauts et des ovations de la révolte.

Aussi, l'avis dubitatif, accompagné de la consultation moins positive encore, sont-ils arrivés en toute hâte des eaux d'Allemagne, et à point nommé, pour tempérer par un langage apologétique l'ardent espoir déçu par une attente étudiée, et mitiger le pénible effet d'une mystification extra-judiciaire que la déchéance de la légitimité et la prévarication de l'égoïsme, autorisent à livrer aux échos de la campagne, par l'intonation du cri d'alerte que pousse une voix amie.

Ce n'est pas en vain que cette voix se fait entendre ; elle trouve dans les champs comme dans les centres populeux une douce sympathie qui l'accueille ; c'est aussi sous les auspices d'une sympathique bienveillance que nous osons espérer que ce ne sera pas abuser, par une digression oiseuse,

dès instants de notre lecteur, que de l'arrêter un
moment, sous l'impression d'un pli imprévu, assez
volumineux, bariolé de timbres-poste d'outre-
Rhin, et dont le contenu présage moins une que-
relle germanique à toute outrance, que la pru-
dente et souple allure du tribun à arrière-pensée,
qui ne veut ni vaincre ni mourir, mais se tirer
d'affaire par la missive ci-après :

Wise-Baden, le....

Monsieur,

N'ayant pas eu de réponse à la lettre que j'ai eu
l'honneur de vous écrire de chez moi, j'ai dû partir
pour les eaux de l'Allemagne, par suite d'une consultation de médecin. Vivement peiné de ne vous avoir pas
pu voir, ni à Clermont ni à Riom, je me serais rendu à
votre château si j'avais été assuré de vous y trouver, et
si, d'autre part, ma course n'eût été aussi précipitée.
A peine étais-je un peu remis de mes fatigues de voyage,
que j'ai fait mes diligences pour réparer le temps perdu
et éviter une déchéance dans le cas où vous vous déci-
deriez à tenter le recours en cassation. A cet effet, j'ai
écrit à mon honorable ami et confrère pour l'instruire de
l'incident qui me retient en Allemagne, et pour le prier

de se mettre directement en rapport avec vous, afin de vous instruire du résultat de nos conférences.

Je regrette vivement de n'être pas libre ; car j'aurais grand plaisir à conduire cette affaire jusqu'au dénoûment le plus favorable !

Je viens de recevoir l'avis en consultation, si savamment rédigé par mon confrère ; je m'empresse de vous l'adresser sous ce pli, et de vous assurer de notre détermination de livrer une bataille décisive dès que vous aurez prononcé : « *En avant, marche !* »

Recevez, Monsieur, etc.

Ce dévoué champion, qui attend l'ordre de charger, d'enfoncer un triple rang de coalisés, ne présente-t-il pas une certaine analogie de profil avec la physionomie mobile et oblique de ce soi-disant foudre de guerre, qui a su couvrir son arrière-pensée du respect dû aux ordres du commandant en chef ? Qui a fait une halte dans la boue, qui s'est crotté jusqu'à la région du cœur, au lieu de pousser en avant *in extremis*, et à la voix du canon (1) ! ce qui eût valu, sinon une glorieuse journée , du moins une noble poussière qui n'aurait pas laissé de trace fâcheuse sous le souffle de la Renommée.

(1) Histoire Contemporaine.

Quoi qu'il en soit de la similitude analogique qui se reproduit d'un coup de plume peu façonnée au sarcasme, et bien que le style sarcastique soit peu de notre goût, il n'en est pas moins vrai que le but du temporisateur a été atteint, selon tous les principes d'une balistique judiciaire, et aussi sûrement que peut l'atteindre la puissance de l'initiative qui sait expédier les affaires en sauvant les apparences par une légalité fictive, tout en ménageant le coup du nœud gordien pour une meilleure occasion, alors que les cris de la révolte et les vociférations des masses se font plus énergiquement entendre dans les carrefours des grands centres de populations, que ceux de la veuve, de l'orphelin, du soldat laboureur et du paisible propriétaire dans l'isolement des champs, où les voix peu menaçantes se confondent avec le bèlement des brebis, avec le beuglement du bétail, et où toutes les forces matérielles s'épuisent dans les sillons consacrés à la production, sous les auspices de l'ordre et d'une patriotique protection, aussi bien que d'une bonne législation de l'échelle mobile (1), qui garantit aux producteurs des béné-

(1) Le régime résultant de la loi de douane, régime protecteur, national.   4

fices convenables, supputés d'après les frais de production, les besoins du trésor et le cours moyen du
prix de consommation, simple combinaison du sens
commun , qui ne laisse de se poser parallèlement
aux doctes calculs des économistes du système du
libre échange (1), et de prévaloir peut-être, tant
que les possesseurs fonciers, forts de leurs droits
acquis, ne se laissent pas surprendre par les embûches d'une procédure captieuse, d'autant plus à
craindre qu'elle est moins croyable.

(1) Commerce exempt de droits, parfois plus politique que patriotique !

VII

Considérations sur les partis politiques, leur Versatilité et leurs Folies. — L'Égoïsme industriel. — Le vieux Drapeau et la vieille France. — Tolérance des pouvoirs nouveaux. — Effet d'une bonne entente. — Les Conflits contentieux. — Les Procès ruineux légalisés. — Le Concours que l'on donne au Gouverne-vernement. — Le Champion chevaleresque. — Le noble Chevalier. — C'est prévenir les Désirs d'un généreux vainqueur que de secourir le vaincu. — Les Vivats du Soldat passif et les Vivats de l'Industrialisme. — A quelque chose malheur est bon. — Où il faut se méfier. — Le Voleur haut placé. — L'Aigle et le Vautour.

C'est plutôt vrai que vraisemblable, qu'à une époque de haute civilisation, où la nation que l'on estime la plus civilisée du monde s'est partagée en plusieurs camps, les uns et les autres aspirant, sous les auspices de la bonne foi et des principes du

christianisme, à progresser jusqu'à l'extrême limite
de la volonté providentielle ; que cette nation, ainsi
que chacun de ses camps, qui se vantent de leurs
nobles, de leurs généreux sentiments, soient asser-
vis à un esprit de méfiance et d'égoïsme qui semble
exclure les principes moraux, voire même matériels
de leur raison d'être, et que leur bannière, comme
la girouette qui tourne au moindre souffle, et comme
le caméléon, renommé par la versatilité de ses couleurs, qui n'est plus reconnaissable du jour au lendemain ; que ce peuple ainsi divisé semble avoir
perdu son aplomb en renonçant aux glorieux lambeaux du drapeau sans tâche que nos pères por-
taient haut, sans méfiance et sans égoïsme, et par
la seule puissance des vertus nationales et des droits
acquis, proclamés au Champ-de-Mars, acclamés
avec un noble orgueil jusqu'aux hameaux les plus
lointains des plus agrestes populations dont la prière
finale fut le vieux refrain patriotique de la France
heureuse, glorieuse et libre : *Domine, salvum fac
regem !*

Et en effet, la monarchie héréditaire était la
sauve-garde de tous les droits du peuple ; aussi,

ne craignaient-ils ni les empiétements d'une infime
chicane, ni l'adresse usurpatrice par laquelle se
répandent les ombres sinistres de la méfiance, et
cette nuance égoïstique d'honnête homme conservateur qui, rapportant tout à la *patrie*, au bien général, n'éprouve au cœur que le *soi-même*, ce qui
est d'autant plus à déplorer que cet honnête citoyen
qui marche avec son siècle, travesti *incognito*, ne
manque pas de narguer par pusillanimité les instincts
de la vieille France avec ses libertés légales, son
égalité hiérarchique et sa fraternité chrétienne,
trois mots qui semblent conçus par une intelligence
trinitaire, comme devise suprême de la civilisation
progressiste et monarchique d'un grand peuple,
dont, toutefois, la pierre d'achoppement, ou le ten-
don vulnérable, ne laisse d'être cet égoisme cupide
et industriel auquel tout nouveau pouvoir ne manque pas de souscrire ou fortifie temporairement
par une tacite adhérence, que ce pouvoir soit démocratique ou d'une autocratie de volition, ou bien
que, berçant le peuple, un vigoureux tempérament
de constitution le balance alternativement de bas
en haut et de haut en bas, selon les exigences d'une

équipondérance dont le pouvoir seul est appréciateur. Toujours est-il, que l'industrie née avec le nouvel ordre des choses ne saurait lui être antipathique, devant compter sur une réciprocité de tolérance en vue d'une stabilité à désirer, et qui s'affermit en raison de l'influence exercée sur les masses par l'entente des agents d'affaires et des agents de la nouvelle administration, aussi bien que par la bonne intelligence des tribunaux, où se centralisent les conflits contentieux d'où jaillissent les gros bénéfices des associés instigateurs des procès qui ruinent la campagne par la spoliation légalisée des cultivateurs et des possesseurs fonciers, qui se trouvent réduits à grever leurs immeubles pour résister aux crises commerciales, à l'influence du libre échange, aux exigences du trésor public, à l'entretien de la vicinalité et aux frais des abus, enfin à la spéculation qui exploite les phases de la transition gouvernementale... sociale peut-être !!

C'est alléger le poids d'une charge que de lui prêter un sympathique concours qui en diminue les difficultés par l'action d'une surveillance d'autant plus efficace qu'elle n'a lieu que sous la bénévole

impression d'un avertissement ami ; aussi pouvons-
nous dire, qu'il n'est pas assez que cette voix amie
se fasse entendre autour du clocher de la chapelle
rustique, il importe que sa vibration repercute, se
lève, s'étende au-delà de l'agreste séjour des campagnards, afin qu'elle ne se perde pas en vains sons
inarticulés, semblables à ceux de ces êtres subalternes de la servitude, qui émettent moins l'expression de la pensée et de l'âme que les cris instinctifs de la plainte ou de la satisfaction, d'après un
sentiment d'aversion ou de plaisir qui se révèle plus
ou moins à toute l'animalité pour le plus grand intérêt des espèces. Que le beuglement et le bêlement
soient les cris énonciatifs des besoins des hôtes de
nos étables et de nos bergeries ! quant à nous, arti-
culons distinctement l'expression de nos vœux, de
nos sollicitudes et de notre fraternel avertissement :
..... Garde à vous !

Et ne craignons pas de nous inscrire dans cet
opuscule comme le champion du faible que l'on dé-
pouille, comme le tirailleur volontaire d'un pouvoir
aussi ferme qu'éveillé, qui ne saurait sommeiller
en présence des cauteleuses embûches des coalitions
processives.

Quoi qu'il en soit, le champion du faible ne saurait se prévaloir de cette qualité chevaleresque à une époque qui compte moins de chevaliers français que de Français chevaliers. Toujours est-il que, d'après les lois traditionnelles de l'antique chevalerie, les preux sont plus empressés autour de la litière d'une noble et généreuse victime qu'ils ne le sont en zélés enthousiastes autour du char du triomphateur dont, toutefois, les éclaboussures même ont leur valeur le jour de rémunération ! Si les vivats du soldat passif, aligné et au port d'arme, attendent l'ordre d'en haut ; si les acclamations de commande se règlent d'après les intentions du chef, il n'en est pas de même des vociférations d'applaudissement dont la double prévision, quoique dubitative, ne laisse de dominer l'éventualité et d'être d'une sagacité à la fois industrielle et classique, digne de certain sénateur de l'ancienne Rome, qui sut prévenir la destinée encore incertaine de deux compétiteurs par la judicieuse pensée qui lui permit de prodiguer à coup sûr ses vivats à l'heureux élu de la Fortune (1). Nous pouvons donc admettre avec

(1) On se rappelle l'anecdote devenue triviale, que l'histoire rap-

le proverbe qu'*à quelque chose malheur est bon*. En
effet, la période transitoire qui sépare deux pouvoirs, bien qu'elle soit à déplorer par la grande
masse de la population industrieuse de nos campagnes, est moins à regretter par ceux que l'ordre
effraie et qui n'acceptent que l'ordre qui est le produit pâle et silencieux du désordre. La marche régulière et uniforme d'une légitime progression ne
saurait se mettre en cadence avec les voltigeurs de
la rue, ni emboîter le pas déluré qui coupe court
par la traverse, au préjudice des droits acquis et de
la fortune publique, circonstance pressante où le
bon citoyen ne craint pas de faire encore entendre
le cri d'alerte d'un patriotisme éveillé sur les faits
et gestes des enthousiastes forcenés.

porte, d'un courtisan du pouvoir, de ce sénateur contemporain
d'Auguste et d'Antoine qui se disputaient à forces égales l'empire de Rome déchue et déjà esclave. L'issue de la lutte étant
incertaine, l'avisé courtisan se procure douze sansonnets et les di-
vise en deux écoles secrètes ; dans l'une il enseigne aux oiseaux
le cri de *vive Auguste !* dans l'autre, celui de *vive Antoine !*

Après la bataille d'Actium, le sénateur courtisan étouffe de ses
mains serviles ses six petits écoliers qui chantaient le nom du
vaincu, et à l'arrivée du vainqueur, il se précipite devant le char
du triomphateur assez condescendant pour accueillir un hommage
qui acclamait le nom d'Auguste.

Méfions-nous donc d'un républicanisme égoïste ; d'un royalisme à outrance ; du citoyen qui convoite le premier rang ; du suffrage obtenu par séduction ou intimidation ; d'un dévoûment sans bornes ; du soldat qui court à l'ennemi sans cartouches ni bayonnettes ; du juge qui n'entend également les parties ; du légiste au banc de la défense qui fait un exposé incomplet ; de l'agent d'affaires qui prévient la clientelle ; du marchand qui exalte son article ; enfin n'accordons pas notre confiance aux instincts empressés à dégrader ; à l'esprit qui se hâte de détruire, car le penchant de la destruction est celui de la spoliation, de la rapine ; qui ne ménage pas et ne respecte pas le bien d'autrui, le convoite ; enfin n'accordons pas notre confiance même à l'ami qui nous ouvre sa caisse sans garantie, car l'amitié déréglée ou vagabonde n'a que la valeur d'un faux ami qui spécule sur l'usure. Et quelles que soient les apparences d'un voleur, il est d'autant plus dangereux qu'il est plus dissimulé, qu'il est haut placé , qu'il domine sans contrôle d'une position éminente , d'un lieu obscur peut-être, par son éloignement du centre d'une surveillance protectrice.

Les petits de la création ont moins à craindre des
vaillants que des pusillanimes ; de l'aigle majestueux
qui plane en hauts lieux, qui se plaît au grand jour
à fixer le soleil, que du regard oblique et des furtives allures du vautour, dont les instincts d'ignoble
rapacité sont sans pitié pour les faibles, sans courage devant les forts, au point qu'ils n'attaquent que
les chétifs sans défense, les vigoureux que par les
ressources d'une coalition ; semblables en quelque
sorte à notre association d'*industrialistes*, forte par
la solidarité, par le choix du nombre, par l'habileté
de l'arachnéïde, par la ruse du poltron, et, s'il nous
est permis de nous exprimer ainsi , par le prestige
d'une piété d'autant plus hypocrite qu'elle est plus
apparente.

VIII

Si l'occasion fait parfois de petits larrons au village, l'industrialisme de la cité ne convoite pas
moins des circonstances opportunes qui favorisent
ses vues, ses menées, ses manœuvres obliques et clan-
destines ; et bien que le radieux soleil qui éclaire ses

pas furtifs ne soit pas l'astre à préférer, que mieux
vaut au succès de son entreprise la scintillante
étoile qui n'a d'éclat que dans les ténèbres, ou que
la lumière douteuse d'un quartier lunaire, qui ne
laisse d'inviter le chéiroptère, disons l'être hybride,
à chercher fortune sous les auspices d'une atmosphère propice et d'un clair obscur ; néanmoins,
le sage esprit de conciliation, qui fait retour au ci-
visme après les secousses et la confusion du désordre, ne manque pas de travestir le fourbe en honnête
homme conservateur, et par ce charitable traves-
tissement qui dissimule la charge d'escroquerie, sa
conscience sceptique ne laisse pas que de rayonner
d'une satisfaction toute particulière. Ce n'est plus
que l'adresse du métier dont il peut être question à
son égard, ou en terme d'argot, qu'un simple *tour
de bâton*, l'équivalent de *quelques pots de vin* admis
dans la haute administration des affaires aux époques de transition par voie de faits accomplis.

Il est ainsi permis à la vérité timide de se voiler
d'une gaze pudique, d'user de l'euphémisme en
présence des oreilles chastes, indulgentes peut-être
par esprit de politique conciliatrice. Il y a des jours

néfastes où le vrai se dissimule, où le pseudonime
est préféré au nom propre, où le chat n'est plus un
chat, ni Rollin un fripon : l'un est le petit minet aux
pattes de velours ; l'autre serait mieux qualifié un
homme avisé, qui fait de bonnes affaires, qui ne
s'occupe que d'elles ! Du reste, l'un et l'autre sont
utiles, agréables et commodes en temps opportun.

L'égalité révolutionnaire, si prônée par ceux qui
se posent en adeptes avisés des doctrines avancées
et précoces ; cette égalité, qui a dû tout niveler
pour justifier une nouvelle édification sociale, a
dû aussi guerroyer la vieille noblesse au cœur républicain ; parce que cette noblesse, cette France
impose ; qu'elle ne descend pas aux trafics infimes ;
que ses chevaliers marchent la tête haute, le galbe
héréditaire offrant on ne sait quelle expression de
physionomie qui rappelle Bayard sans peur et sans
reproche, à l'instar de ces rois protecteurs des faibles de près, et puissants de loin, par la foi de Saint-
Louis.... D'une politesse et d'une urbanité nationale,
d'une loyauté d'homme de bien, d'une bienveillance
chrétienne, d'une fierté républicaine, d'un courage
sans forfanterie, le chevalier français ne laisse d'avoir

une juste appréciation de tous les états et professions qui concourent à la prospérité du pays et au
bien-être des individus, par exclusion toutefois de
l'industrialisme qui sera moins estimé au village
comme sot métier que le métier de sales gens, dont
le lucre sordide n'est assuré que pendant les malheurs publics et l'impuissance du bon droit, dont la
défaillance, on s'en souvient, s'incline devant la
prévarication et la pression violente d'un ordre com-
plotté dans le désordre, redoutable comme le calme
plat que l'expérience signale pour être le pronostic
d'un désastre qui ne profite qu'aux gens qui ne prospèrent que par les catastrophes des tourmentes qui
leur vomissent leurs sinistres épaves.

La justice de commande, qui saute à pieds joints
sur le droit individuel, est, et sera par tout pays ce
qu'il y a de plus révolutionnaire, de plus anarchique, et de moins légitime ou républicain. Son arrêt
a beau ne frapper qu'un campagnard illettré, un
être faible, isolé, sans crédit et dont la voix s'éteint
comme le souffle de la brise, voix passive comme
celle du vote qu'accueille l'urne électorale de l'a-
greste commune ; et cependant cet arrêt, d'une ini-

quité insolite, a le retentissement d'un marteau de bronze qui frappe à la porte du palais, qui réveille non seulement la valetaille chamarée des couleurs de la domesticité, mais aussi le maître à la fois puissant et soucieux, qui ne peut ignorer qu'en France une injustice faite à un seul homme, quelle que soit sa condition, est une menace pour tout le monde, et que le dernier échelon de l'ordre social est moins périlleux que le premier, le plus haut placé. Répétons donc, du fond de la campagne et de bas en haut, notre cri d'alerte : Garde à vous !!

Ne voit-on pas par le temps qui court, avec une vélocité électrique, des pygmées échassiers, enjamber des barricades et s'exhausser aux acclamations des niais, jusqu'au point culminant de l'élévation dominatrice, duquel point le génie le plus chétif ne laisse de découvrir au loin et l'espace éthéré et les régions sidérales, sans pouvoir pour cela exercer sciemment le moindre contrôle ici-bas ; par l'effet d'une volonté et d'un regard rétrospectif, son point de départ lui échappe. L'industrie dans les affaires exploite, avons-nous dit, notre période de transition, en arrachant les paisibles et laborieux campagnards de leurs précieux travaux, en livrant les fermiers et les agrestes propriétaires à toute la subtile voracité d'une insatiable avidité, qui n'est jamais plus à déplorer que lorsqu'elle se lance dans l'arène de la chicane, sous les auspices d'un simulacre de justice, armée de toutes pièces et renforcée du glorieux prestige acquis à la vieille magistrature française, dont l'immortalité, comme celle de la justice même, est du droit divin.

Et bien qu'il ne nous appartienne pas de signaler nominativement l'affiliation des délinquants, ni de nous adresser, à cet effet, directement à l'autorité, agent immédiat et officiel de la volonté suprême, dont la mission impose pour devoir la justice, ou l'obligation de veiller à la garantie légale, constitutionnelle, comme à la protection conservatrice de l'ordre dans nos campagnes, il n'est pas moins un devoir urgent imposé intuitivement aux cœurs droits, dévoués aux intérêts généraux de la chose publique, de laisser exhaler sans amertume ni sarcasme les vifs et sombres regrets de l'âme qui attristent les vœux qui se forment instamment pour le retour de l'ordre, pour la stabilité de la fortune

privée qu'un avide *industrialisme* tend furtivement
à surprendre dans les embûches d'une spéculation
d'autant plus dangereuses qu'elles sont moins vrai-
semblables , et surtout en présence des sollicitudes
gouvernementales pour la prospérité des contribua-
bles fonciers, dont les efforts tendent à féconder de
plus en plus les fonds stériles, à donner de la chaleur vitale aux terrains sous landes , de la valeur
aux terres incultes , de l'extension aux opérations
sérieuses qui promettent progrès sans culbute, richesse sans spoliation ni attentat subversif du bon
droit.

Quoi qu'il en soit, ce serait d'une philanthropie ou
d'une philosophie sinon niaise , du moins par trop
rustique et hazardeuse, que de prétendre , enfoui
dans la campagne, mettre en évidence une coalition
qui ne serait pas moins qu'une accusation par trop
naïvement dirigée contre l'administration officielle
qui aurait toléré une dangereuse affiliation retran-
chée derrière un système de lucrative défense, et
dont l'explosion ébranlerait toute la ligne magis-
trale, et par cela même, compromettrait de grands
intérêts, à une époque de capitulation, de concilia-

tion peut-être ! Toujours est-il que la cessation du conflit anarchique, à quelque prix que ce soit, ne laisse de faire sourire d'une impression de bien-être les grandes masses des populations agrestes, dont toutefois l'étroit horizon de chaque individu isolé, se limitant au bout du sillon, ne justifie que par illusion d'optique les suffrages bénévoles acquis aux promesses qui bercent encore les vagues espérances de la campagne, aussi bien que celles qui surgissent avec plus d'éclat des grands centres des populations urbaines.

Il n'en est pas de même de la perspective des affiliations qui ne se fient qu'à leurs propres ressources, à leur adresse et prévoyance, et dont la tactique, les combinaisons, les manœuvres, appuyées d'une judicieuse coordination, voire même d'une discipline éclairée, sont autant de préservatifs contre le mirage insidieux dont les attraits sont à craindre aux époques révolutionnaires. Aussi en résulte-t-il une puissance qui nargue le droit et la justice, et qui entretient dans nos campagnes un esprit de méfiance, de délation et de chicane qui mérite la considération d'un religieux patriotisme d'autant plus efficace que, comme la chaleur et la lumière de la bienfaisance, sa manifestation nous vient rayonnant d'en haut, resplandissant comme la liberté légale, sympathisant comme l'égalité et la fraternité chrétienne.

IX

A quelle époque vivons-nous pour oser mettre sous les yeux du public trois mots qui partent moins de la tête que du cœur ? Le lecteur, d'un esprit plus attique que villageois, aura beaucoup d'indulgence

s'il ne me reproche qu'un anachronisme, permis tout
au plus à Jean Bonhomme et que le progrès, plus
éclairé, rejette derrière nous en pleine monarchie ,
alors que le cœur s'animait au village sous l'impression patriotique de ces trois mots : Dieu , mon roi,
mon pays, qui exprimaient en effet le religieux patriotisme du vrai républicain ou de l'honnête homme
plein de foi , de dévouement à l'ordre, et qui ne
compte pas les sacrifices qu'imposent l'intérêt public et l'inviolabilité de la propriété individuelle,
surtout lorsqu'elle se trouve aux prises avec la prévarication, avec une cour prévotale ou avec un *Tribunal révolutionnaire* qui ne saurait, même en présence de la loi écrite, résister à la pression du pouvoir au nom duquel il fonctionne. Que cette épithète d'un rouge sanguin me soit permise , elle n'est
que d'emprunt, et sera toujours aussi transitoire
que ces magistrats éphémères qui, dans les mauvais
jours, semblent vouloir exaspérer les esprits pour
mieux exciter les citoyens les uns contre les autres, au préjudice d'une homogénéité de sentiments
et d'esprit qui concourent à la réalisation des vœux
et des légitimes espérances des gouvernants , dont

les constants efforts tendent au **bien-être** et à la prospérité des gouvernés envisagés collectivement et individuellement, et dont le bien le plus précieux est le libre exercice et la jouissance des droits acquis.

Or, pourquoi ces conflits processifs entre possesseurs et amodiateurs, entre les propriétaires fonciers et leurs fermiers ? Les droits de chacun ne sont-ils pas aussi clairs, aussi visibles, aussi palpables que les bornes qui tracent la mitoyenneté, qui limitent et signalent les héritages !

Le propriétaire ne peut exiger que son prix de ferme, l'exécution des clauses stipulées par son bail, la conservation et l'entretien en bon père de famille, dont toutefois l'élasticité apparente de l'expression ne laisse néanmoins de s'interpréter par le sens commun qui dispense du sens exquis de la chicane, étant définie par l'acception d'une tradition séculaire ou anti-révolutionnaire, rajeunie si l'on veut, par la parole chevrotante de nos grand'mères qui s'entretiennent avec leur pieux chapelets, emblèmes de leur foi héréditaire et de leur piété ascétique et sincère. L'entretien *en bon père de famille*, disent-elles, est un sentiment de conservation, du juste et de l'équitable que le bon Dieu, le Dieu de nos pères, a mis dans le cœur de tous les hommes, moins pour favoriser un industrialisme processif que pour faire droit aux justes prétentions du prochain.

Les droits du fermier ne sont pas moins assurés que ceux du possesseur de l'immeuble, soit par acte notarié, soit par conventions sous seing privé ou par les *us et coutumes* de localité, sauf convention contraire. L'entretien locatif est à ses frais, ainsi que celui des clôtures, fossés, haies vives et sèches dont la conservation de ces dernières se régénère par la coupe et la recroissance ou repousse des arbres de retaille qui se perpétuent par les soins et la bonne entente entre propriétaires et fermiers.

Ces haies de clôture, particulièrement en usage dans les départements, où jusqu'à présent la grande culture a échappé au morcellement que la loi agraire (ou révolutionnaire) a imposée aux plus belles provinces de la vieille France, avec son esprit de communisme fiscal, qui tend de plus en plus à sillonner pour le plus grand intérêt du trésor peut-être, pour le plus grand bénéfice de la législature pensionnée et pour faire briller d'un éclat tout nouveau la vieille gloire sénatoriale avec la nouvelle gloire des grands dignitaires de la jeune France , aussi bien que pour subvenir aux dotations, à la liste civile et aux charges encore plus importantes de l'Etat , celles qui garantissent sa prospérité, sa gloire, sa puissance ; et bien que ces haies de bordure, ces abris de bétail , ces fossés d'assainissement et d'irrigation puissent se prêter à la controverse, nous livrons néanmoins l'appréciation de leur utilité aux agronomes pratiques et sans en exclure les agents du fisc, car nous ne pouvons avoir d'autre objet au bout de notre plume rustique que notre cri d'alerte toujours éveillé sur l'avenir de la campagne.

Bref, au fermier les petites réparations d'entretien, au propriétaire les grosses, ainsi que toutes les constructions et travaux qui donnent lieu à une augmentation de valeur ou de commodité. Disons aussi que, dans le cas où les travaux et l'embellissement sont préjudiciables à la libre jouissance et exploitation de la ferme, et sauf convention contraire , le propriétaire est tenu d'indemniser son fermier en raison du préjudice que ces travaux lui occasionnent.

D'après cet aperçu des obligations réciproques de fermier à propriétaire, il nous est à la fois difficile et pénible de concevoir où peut s'abriter la subtilité processive qui parcourt, leurre et agite la campagne au profit des conflits et des gens de loi, qui ne cessent, en effet, de faire vibrer l'enceinte du prétoire sous l'impression d'une fulminante faconde et d'âpres contestations entre les possesseurs des fonds de terre et leurs amodiateurs, aussi bien qu'entre les vendeurs et les acquéreurs d'immeubles !

Toujours est-il que la chronique judiciaire, assez juste appréciatrice de l'équité de nos tribunaux, n'hésite pas à déclarer, *pièces en main*, qu'il y a une justice exceptionnelle aux époques néfastes, dont la balance, s'inclinant selon le bon plaisir, reprend le niveau de l'égalité et l'attitude du *statu quo* aux acclamations des suffrages universels, tandis que la bonhomie des masses, momentanément émerveillées et éblouies, se réserve néanmoins la majesté du peuple et le droit du plus fort, qui fait justice en temps opportun de cette raillerie sardonique, qui semble éluder l'aphorisme déjà rapporté d'un grand roi : « L'injustice faite à un seul homme est une

» menace pour tout le monde (1) » ou ces senten-
ces qui courent non seulement les cités mais les vil-
lages : « La force est la reine du monde ; mais l'o-
» pinion s'en fatigue et s'en défait. Il faut parler
» comme le peuple, tout en se réservant une pen-
» sée de derrière. L'homme n'est ni ange ni bête,
» et le malheur veut que, qui fait l'ange, fait la
» bête, » et parfois culbute dans un trou de loup.

Qui est-ce qui sème dans les champs, dans le public champêtre, ces maximes devenues proverbes,
règle de conscience? C'est un Pascal, un Machiavel, un Bacon, nous dira-t-on. Mais, ne sommes-
nous pas autorisés dans un moment de malaise, de
sourde agitation, de commotion électrique et de
gloire improvisée, d'émettre l'expression du doute
peut-être en faveur de quelques génies subalternes
qui, s'amusant alternativement de notre versatilité
et de notre présomption, mettent tous nos sens en
contact ou avec le bruyant éclat d'une guerre politique ou avec un aspect non moins à désirer d'une
nature agreste, dont l'impression, éclairée par une

(1) Henri IV.

intelligence supérieure , livre à l'homme l'option dont il devient l'arbitre et parfois le jouet.

C'est en effet à la campagne qu'apparaissent ainsi les manifestations phénoménales aux âmes intelligentes, livrées aux inspirations du bon ou du mauvais génie, en présence des merveilles de cette nature incommensurable, dont l'immensité de l'infini en tout sens ne laisse d'échapper à l'esprit compassé de nos doctes instituts ; tandis que l'homme des champs, aux mains calleuses et à l'esprit inculte, met, par un effet providentiel, le doigt sur l'inconnu et révèle un mystère ! Pour lui, il y a des vents, des températures qui prophétisent, des oiseaux de mauvais augure , des éclairs qui présagent les sinistres ; le tonnerre gronde, la foudre part d'en haut, le rustre passif s'incline sans murmure et plein de force ; car, vivant avec Dieu et la nature, sa foi se retrempe , et son champ a moins à craindre des horreurs météorologiques qui le menacent que des spéculations de l'industrialisme de haut et de bas étage qui exploitent ces époques néfastes ou de transition sociale. Du reste , aux plumes d'aigle à suivre l'oiseau de Jupiter dans les régions olympiques ; aux plumes d'oie à signaler les amphibies et leurs fouilles infimes !

Quoi qu'il en soit des spéculations qui surgissent des péripéties révolutionnaires, la boue qui jaillit, qui s'attache au char fortuné d'une hardie et courageuse ambition, ne ralentira pas le cours d'une rotation providentielle. Au bout de sa carrière, le héros doit s'arrêter, il peut tomber, et tandis que son nom ou son souffle s'immortalise sous une plume épique ; que son renom vole avec l'épopée vers l'Olympe, bien que tant soit peu entaché de la gloire chancelante d'un héros qui semble se perdre dans les étoiles, séduit par les fanfares du joyeux dithyrambe, qu'au cabaret l'on chante, l'on boit et se colore sous les inspirations de la nouveauté et d'une muse gaillarde qui embouche la trompette guerrière pour le réveil et l'édification des peuples, la boue du char fortuné redevient poussière, se dissipe sous le vent sec de la bise ; mais le siècle qui a vu naître le héros, recevant son impression, ne laisse pas moins de la transmettre à la postérité pour l'enseignement d'un avenir bruyant, turbulent, impétueux, et comme interprétation de ces songes merveilleux qui apparaissent aux uns avec toutes les couleurs d'un beau rêve, aux autres, sous l'aspect hideux du cauchemar le plus oppressif. Aussi, les cœurs bien nés ne sauraient hésiter entre l'ambitieuse folie qui aspire à l'apothéose, et la dépravation intellectuelle par laquelle l'orgueilleux et cupide cynisme ricane les nobles sentiments de l'honnêteté, de l'ordre et du droit.

Disons donc que l'âme qui aspire à l'Olympe n'est pas faite pour patauger dans les bas lieux. Aux grands cœurs, la domination ; aux infimes, un lucre relatif. Aussi, celui qui convoite à la fois la gloire et les richesses contrarie l'ordre providentiel : c'est un être vicieux, d'une création anormale, livré aux aberrations sublunaires, un monstre fantasque qui cède tôt ou tard aux tiraillements de son anomalie, d'où résulte la sourde guerre d'un despotisme usurpateur qui envahit nos cités, qui se cache derrière de belles proclamations républicaines qui font trembler la chose publique, en permettant à une *justice*, non moins envahissante, la spoliation de nos campagnes qui ne cessent de gémir sous les griffes de la chicane, aux époques de transition toujours favorables à la pression des instincts litigieux et cupides.

Or, toute guerre, de quelque nature qu'elle soit, qu'elle se complote dans le puissant cabinet ou dans la rusée étude, qu'elle soit diplomatique, militaire ou civile, si elle ne procède pas d'une idée morale ou chrétienne, ne saurait être estimée bonne ni s'entourer des puissances qui concourent au but providentiel : la civilisation ou bien-être de l'humanité.

Si elle part d'en haut, son apparition se manifeste au loin, revêtue et armée des attributs surhumains au-delà de notre portée ; nous en subissons les effets suprêmes ; et sans pouvoir en apprécier les causes, nos regards se portent vers les hautes régions où le fouet providentiel menace avec l'éclat de la foudre les misérables prétentions des pygmées impérieux qui osent dire, avec une mécréante et sardonique raillerie, au nom du droit, de l'ordre, du patriotisme et de la volonté nationale : Nous voulons !

Ce n'est qu'une menace, mais une menace, dont l'aspect, dominant également et nos basses sommités et nos agrestes demeures, soumet les grands et les petits, princes, dignitaires, citadins et campagnards, au niveau de l'égalité, et par cela, réduit tous les projets des plus hardies ambitions aux proportions qui ne peuvent ni éblouir ni échapper à une instinctive appréciation, que ce soit celle des longues vues qui découvrent au loin, ou bien celle des vues mycroscopiques qui prétendent révéler les imperceptibles contextures de l'invisible, aussi bien que la tactique qui manœuvre nuitamment les masses moutonnières, en déployant les bannières de la légalité au nom de la justice, du bon droit, du but suprême de la civilisation !

Aussi, croyons-nous pouvoir, au temps où nous sommes, sans blesser ni les susceptibilités des hommes de guerre, ni l'âme et conscience de la magistrature, ni les intérêts industriels des gens avisés, inscrire sur toute bannière qui n'est pas le signe de ralliement d'une cause légitime, ces mots significatifs : *progrès à vapeur,* qui ne laissent d'exprimer célérité césarienne et qui sembleraient plutôt le *mot de ralliement* de la jeune et valeureuse France, que celui de son aïeule, dont le drapeau séculaire et réduit en lambeaux conserve toutefois encore dans l'ombre du passé sa glorieuse devise : *Honneur et Patrie* (1).

(1) Voir les drapeaux de la Restauration.

En effet, ces mots, qui résument les sentiments instinctifs du cœur français, frappent de but en blanc toute coalition égoïste dont le but, en sens contraire au point de mire des vœux nationaux, n'aurait pour objet que la réussite d'une mesquine industrie, ou le succès des combinaisons d'une coterie de gens d'affaires, qui ne laissent cependant que d'étourdir et d'épouvanter par leurs vacarmes de palais nos paisibles campagnes, veuves délaissées, qui ont néanmoins à supporter les exigences du fisc, du libre échange et des velléités martiales, appuyées de l'intervention de la force publique, mieux connue aujourd'hui au village sous la dénomination de gendarmerie impériale, dont l'admirable concours, comme puissance auxiliaire, opère des merveilles aux époques de rénovation de l'esprit guerrier et de démonstrations de la volonté nationale, qui ne laissent d'ouvrir aux braves la riante perspective d'un glorieux échange d'une cartouche pour le bâton de maréchal de France (1).

Autre chose est cette guerre de plume, d'huissier et de palais, qui désole le laborieux cultivateur,

(1) Promesse de S. M. Louis XVIII.

6

qui compromet la solvabilité du fermier, qui réduit
le petit propriétaire à la gêne, qui le ruine peut-
être par la tortueuse et longue persistance d'une
légalité progressive, le plus souvent le résultat d'un
vice de la haute administration en économie politique, sinon un vicieux emploi de l'*échelle mobile* qui,
cédant à la pression d'un puissant égoïsme, fait beugler la campagne et gronder la cité. Aussi le cheptel
pâtit, la futaie, les baliveaux et les retailles dispa-
raissent ; le taillis n'attend plus sa coupe réglée, et
les engrais se refusent aux vœux de la semence ; les
greniers se vident sans espoir ; les bergeries se dépeuplent ; le bétail est conduit au plan de foire, où
les prix de cours sont en raison inverse des besoins
de la campagne dont le malaise ne tarde pas à dépeupler les champs, à surcharger les troittoirs et
les carrefours d'une population flottante et flouée ;
crise suprême , qui ne permet plus d'accueillir
l'avertissement d'une voix ami. Le garde à vous !
se confond avec le sauve qui peut ! et le conflit des
vivats ! et des à bas ! étourdissant la raison publique, le peuple devient populace, renverse les vieil-
les assises d'une constitution séculaire et chré-

tienne, édifie sur un fond mouvant, se proclame
pouvoir suprême et exclusif, sous une dénomination
incarnée et la mieux appropriée aux circonstances
transitoires et au progrès national. « Qui vivra,
verra, » dit le campagnard, en cadençant ce dicton
familier avec le mouvement significatif de son feutre et aux prises avec la morte-saison, avec la gloire
nébuleuse qui embauche les bras, avec le libre
échange qui déprécie ses denrées, et, par cela,
aggrave ses impositions, dont la pression zodiacale,
par douzième, n'est pas toujours celle d'une heureuse constellation.

X

Quoi qu'il en soit de ce vieux dicton villageois qui semble exprimer un sentiment entaché de scepticisme, ou du moins qui prête à l'avenir un aspect d'une teinte grisâtre, nébuleuse et peu rassurante, nous pouvons nonobstant accréditer la voix du canon qui proclame, à l'heure qu'il est, une nouvelle

victoire (1) et qui adresse de nouveau au ciel un
Te Deum, au nom de la reconnaissance, tout en
demandant au patriotisme de la charpie au nom de
la charité fraternelle pour panser les plaies saignan-
tes d'un glorieux succès qui sera toujours en France
la meilleure justification d'une entreprise aventureuse, en tout temps digne d'envie et convoitée par
les nobles cœurs du village, dont les héroïques pul-
sations (la mesure du pas de charge) ne laissent
d'entretenir ce généreux esprit d'un peuple qui sait
intuitivement que « vaincre sans danger, c'est triompher sans gloire. »

Aussi, en ces circonstances critiques pour le repos de l'Europe, pour l'Eglise et la civilisation,
pour le souverain pontificat, première assise du
droit, et sans s'arrêter aux apparences, ni préjuger
l'entente qui veille sur les deux rives du Tessin, le
Saint-Père, empruntant ses paroles aux saints li-
vres, stigmatise avec la plus grande énergie la con-
duite de « l'homme ennemi »…. « Malheur à celui

(1) Bataille de Cavriano, ou Solférino, ou de Volta, d'après le
bulletin autrichien, 24 juin 1859.

par qui le scandale arrive (1). » Malheur aussi, osons-
nous dire, sans la recherche d'une transition qui
conduirait naturellement le lecteur d'un grand crime
à une infime spéculation ; malheur, dirons-nous,
aux associations qui exploitent les mauvais jours,
qui menacent les droits de propriété et les travaux
des champs, qui dépeuplent nos campagnes, qui
ruinent l'industrie agricole aussi bien que l'industrie métallurgique. Provenant du même sein,
l'agriculture et la métallurgie sont sœurs insépara-
bles, dont la réciprocité des bons offices est d'un
mutuel appui que sauvegarde une sympathique protection qui veille sur les intérêts généraux du pays
et des industries nationales, bien que les partisans
des colonnes d'attaque, des déploiements et manœuvres militaires, avec toutes leurs ruses et leur
stratégie belligérante, puissent, par un changement
de front, caresser opportunément toute entreprise
de circonstance ! Pour eux, l'important c'est l'instabilité ; c'est un état oscillant de va-et-vient, de
marches et contre-marches, de bouleversement et

(1) Allocution du 14 juin. Voir l'*Union*, journal quotidien, du
24 juin 1859.

de restauration, d'anarchie et de monarchie, à l'exclusion, toutefois, de ce qui est de droit et de légitime, si peu en harmonie avec la marche oblique, la tactique rusée ou les embuches processives qui circonviennent la crédulité campargnade au profit des associés armés de toutes pièces..., complotées, notariées, enregistrées et revêtues du puissant caractère de l'authenticité, renforcée de l'homologation qui confirme judiciairement *un délibéré* et vide une contestation où le droit est dominé par la position et le feu bien nourri des coalisés ou de l'adverse partie.

En présence de tant de faits qui jurent et s'entrechoquent, de prouesses guerrières et d'entreprises de familles, de spéculations infimes et de combinaisons dignes de l'Olympe, n'est-il pas permis à une intelligence subalterne de présumer un pacte d'intérêt entre les pôles extrêmes des ambitions égoïstes ?

Et en effet, ne voit-on pas, à une des extrémités de l'axe, les généreux fils de la campagne, poussés par une puissance invincible, s'enrôler sous les bannières d'une cause transalpine, tandis qu'à l'autre extrémité, les bêlements et les beuglements qui se font entendre des bergeries et étables n'accusent que trop l'heureuse fortune de la chicane, par le malaise et la gêne des cultivateurs et propriétaires agricoles, dont les produits sont devenus insuffisants pour satisfaire aux exigences de la gloire, de la justice, des gens d'affaire et des réjouissances officielles ?

Quoi qu'il en soit, les ovations sont accueillies au village comme un dégrèvement de ses tribulations, car, dans la fervente et naïve paroisse rurale, la voix du peuple, non soumise au contrôle officiel, sera toujours l'expression d'une juste manifestation du *vox Dei ;* aussi, et par contre, les ovations de commande, nourries des applaudissements de claqueurs, et soumises au contrôle de l'administration, ne prévaudront jamais sur l'entente significative du mutisme villageois ; aussi le mutacisme qui bégaye à l'ombre du modeste clocher la pensée intime de l'homme de la nature, ne laisse de faire sentir vivement l'impression profonde du sens commun.

Le canon de la citadelle a beau répercuter la puissante parole qui proclame la victoire, Jean Bastion, vieux soldat laboureur, sous l'inspiration de son an-

cien métier et de l'instinct natif du campaguard, ne
peut ignorer que la foudre qui éclate n'est que le
résultat d'une fulminante amorce ; que les associés
ou les adeptes de la révolution deviennent, dans
toutes les crises du progrès anarchique, les interprètes empressés de toutes les voix impérieuses,
puissantes ou volcaniques, qui tendent à soulever
la populace, à leurrer les gens de bien, à activer les
gens de rien, et à faire cheminer les masses moutonnières qui se complaisent, pendant les émotions
caniculaires, à s'abriter dans leur ombre insigni-
fiante, et sous la même poussière qu'elles soulèvent
en trottinant têtes baissées, devant le fouet, instrument d'une volonté ferme, qui n'est elle-même
qu'un agent secondaire d'une volonté à la fois suprême et mystérieuse qui préside aux canonnades
des combattants et aux réjouissances des vain-
queurs (1), en même temps qu'elle conduit la main

(1) Si toutefois le sens commun d'un soldat laboureur, pen-
sionnaire de l'Etat peut admettre un vainqueur sans un vaincu,
là où, du point de vue de son sillon, il ne découvre, ne reconnaît
qu'un changement de front savamment opéré *en arrière*, d'une
ligne *massée* selon les exigences topographiques et les prévisions
de la tactique, sur une étendue présentant trois lieux de front,
purement défensif par une judicieuse entente, devant une coali-

qui élève le sombre beffroi tout auprès du joyeux
carillon, allusion, toutefois, que le classique ma-
gister rendrait plus explicite, plus saisissante en
nous référant à la roche Tarpéïenne et au Capitole...,
ovation et supplice, dont la salutaire proximité ga-
rantissait jadis la chose publique des coups d'État
et des assauts aventureux, toujours aussi redouta-
bles aux droits acquis que favorables aux entreprises d'une légalité spécieuse, légalité qui abrite la
justice en dépouillant la veuve, en livrant aux griffes de la chicane l'honorable indépendance acquise
aux patients et laborieux travaux de la campagne.

Pouvons-nous espérer que le dernier coup de ca-

tion d'attaque qui comptait moins sur ses prévisions, sur la su
périorité de sa tactique et sur l'excellence d'une stratégie bien
ordonnée, que sur le prestige du renom, et sur la pétulance du
soldat aux prises avec un ennemi d'un courage froid, dont les manœuvres, sous la pression de la politique actuelle, de la Confédé-
ration germanique, ont dû être plutôt celles de Fabius que celles
de César, quoi qu'en disent les écornifleurs d'héroïsme dans leurs
extases martiales, qui ne peuvent admettre qu'il soit permis de
jeter un *pont d'or* à un ennemi qui se replie. Toujours est-il que
les génies militaires de tous les siècles se reconnaissent ; aussi le
traité de paix de Villafranca, basé sur un principe conçu par un
héros de l'antiquité, ne laisse de témoigner en faveur d'une sa-
gesse qui restera comme l'immuable point de mire des hommes
supérieurs.

non qui décerne de sanglants trophées à la valeur,
une riche province à nos voisins, puisse, même en
ricochant son projectile , porter un arrêt de mort
aux infimes spéculations qui planent sur nos campagnes comme ces oiseaux de mauvais augure qui
s'ébattent pendant l'orage, qui assouvissent de sinistres leur instinct lugubre et vorace ?

Oui, car notre penchant pour cette gloire militaire qui entretient la virilité nationale , qui *enlève
le pas* du conscrit villageois, dont l'entrain cadence
noblement le pas de charge, le jour où son feutre en-
rubané joue avec la brise qui semble caresser le fier
profil d'un héros de 20 ans aspirant aux étoiles :
sic itur ad astra ! Aussi trouvons-nous dans cette
noble ambition , qui veut échanger le rustique ai-
guillon de bouvier contre le puissant bâton du com-
mandement, une manifestation aussi claire et légitime que celle de l'astre du jour qui s'entoure de
satellites, bien que son éclat les rejette dans l'ombre ; ordre des choses providentielles qui repousse
à plus forte raison, dans les ténèbres du néant, les
infimes spéculations qui ne peuvent prospérer que
pendant l'absence de ce qui est légitime , que pen-

daut les excitations à la révolte, les efforts de l'usurpation et les insinueuses manœuvres de la duplicité,
personnifiée par une coalition d'hommes déchus de
leur noblesse, hommes monstres à double face, à
double entente, à double regard, fauve et oblique,
aux yeux larmoyants ou secs, éclairés de torches
incendiaires et invoquant alternativement les ressources de l'esthétique la plus sentimentale et de la
mimologie la plus séduisante du génie démoniaque.

C'est enfin contre cette coalition hostile au repos
public et aux nobles travaux des champs que nous
terminons cet opuscule, comme nous avons cru
pouvoir le commencer, en livrant à tous les vents
comme à tous les échos de la campagne, aussi bien
qu'aux bienveillantes sollicitudes de nos lecteurs,
notre cri d'alerte, expression finale de nos vœux,
qui seront accueillis sous les auspices d'un cordial
et fraternel avertissement.

XI

C'est sous l'impression d'un incident que la bienveillance du lecteur accueillera un XIᵉ chapitre, comme on accueille l'imprévu : le renvoi d'un manuscrit à son carton, ou l'enfant prodigue à son foyer paternel ; ou mieux encore, comme le jeune conscrit plein d'ardeur qui retourne de l'armée des Alpes, profondément blessé de n'avoir pas combattu. Aussi croyons-nous pouvoir exprimer nos regrets, qu'après tant de cris d'alerte, tant d'avertissements de bon voisin, nous ayons encore à déplorer que la campagne soit toujours un séjour semé d'inquiétudes, où le cultivateur est incessamment menacé par un rapace industrialisme qui brave les temps d'orage comme ces animaux à gueule béante, sanguins et voraces, qui ne sont jamais plus actifs et plus hurlants que pendant la préoccupation intéressée des gardiens des troupeaux, par fois plus empressés à disputer une ignoble curée que de sauvegarder l'ordre, le repos du bercail, et le libre parcours que les déprédateurs menacent instamment, et dont les hurlements sauvages, étouffant les cris salutaires du devoir d'une sentinelle éveillée, font reculer le dévouement, l'action même de la presse, de l'imprimerie, véhicule précieux de la transmission de la voix, de la pensée, qui veille sur la compagne comme sur la cité, et dont le dévouement au progrès d'une patriotique bienfaisance ne laisse de prêter une puissante influence au bien-être de la communauté ru-

rale ; et cependant la missive ci-après nous révèle
une prudence obligée peut-être provinciale qui ne
serait pas admissible sous les rayons du grand jour
de la capitale, où les gens trapus ou de peu de taille
ne passent guère pour des géants, les Thersites pour
des Achilles, les bonnes gens à coutures dorées pour
des personnages, les parvenus pour des hommes de
qualité, la craintive responsabilité d'imprimer pour
la virile initiative du devoir de la presse nationale :

Monsieur,

J'ai l'honneur de vous renvoyer le manuscrit que
vous m'avez communiqué. Je regrette beaucoup de ne
pouvoir me charger de l'imprimer. En le parcourant,
j'ai remarqué un certain nombre de passages qui pour-
raient être mal interprétés par l'autorité et donner lieu
à des poursuites. Vous savez qu'en province on est gé-
néralement plus sévère qu'à Paris : les fonctionnaires
craignent toujours de se compromettre ; éloignés du
pouvoir central, ils interprètent leurs instructions d'une
manière rigoureuse et sans y apporter les tempéra-
ments qu'on admet dans les régions supérieures de
l'administration. Il est possible que je me trompe dans
mes appréciations et que votre brochure passe sans dif-
ficulté ; mais, dans le doute, je préfère m'abstenir,
malgré le regret que j'en éprouve.

Je vous prie de recevoir, Monsieur, mes, etc., etc.

Ainsi de cette prudence méticuleuse plus ou moins fondée de l'honorable imprimeur de province, nous croyons pouvoir conclure qu'il serait plus à propos de se taire à la campagne que de crier *au feu !* lors même que la fumée prélude à l'incendie et qu'une conflagration à déplorer ne peut justifier le cri d'alerte qu'à Paris, où fonctionne l'administration supérieure de l'Etat. Ici le zèle pour le bien public ne se traduit pas en déclamations incendiaires ; l'intérêt de la communauté témoigne en faveur de l'honnêteté et du dévouement ; sous les yeux du peuple, l'autorité s'éclaire au foyer de l'évidence et ne compromet pas la vérité par une prismatique induction. Là le pouvoir local, soumis à l'influence d'un tempérament étiolé, agit isolément dans l'ombre, et loin du contact du milieu d'où il tire sa puissance, il tremble sous l'impression du moindre souffle allégorique. A la capitale, les citoyens exhalent l'expression de leurs souffrances sous les auspices d'une sympathique sollicitude.

En province, le cri de l'âme qui souffre peut tomber sous l'appréciation d'une autorité méticuleuse ou timorée, et à travers le mirage champêtre,

il s'interprète par induction comme contravention
préjudiciable au bon ordre. Le zèle, soufflant comme
l e vent d'un jour d'orage, poursuit l'allusion, bail-·
lonne par induction, et veut réduire forcément au si-
l ence du tombeau un peuple qui prétend jouir du droit
de respirer librement, de parler, chanter, danser,
au gré et selon la mesure de ses émotions traditionnelles, aussi bien qu'en présence des Zoïles à microscope, qui interprètent la pensée, les cris d'alerte et
les opuscules d'après l'esprit de Machiavel quand
il veut armer le peuple contre le prince, ou le prince
contre le peuple, pour le plus grand succès de ses
vues d'instabilité, ou lorsqu'il proclame les bienfaits
de l'agitation au sein de la patrie, qui ne manque
pas, dit le rusé Florentin, *de donner du ressort aux*
âmes ! Heureux système d'oscillation, au dire de
l'anarchiste ; de pondération, d'après le vocabulaire
des équilibristes, et d'appréciation de bascule, selon
le rustique esprit de Jean Bonhomme, qui ne vise
qu'à la justification du poids de son bœuf pour mieux
s'acquitter envers la justice et envers l'industrialisme victorieux après une longue lutte contre une
tenace résistance qui réduit les finances de l'homme

7

des champs à la fâcheuse extrémité où la mauvaise fortune a plus d'une fois acculé le possesseur foncier (1). Aussi, le laborieux campagnard a dû verser des larmes de sang en livrant au boucher, pour le bas prix de 80 pistoles (2), ses patients et infatigables compagnons qui, marchant du même pas, tirant côte à côte avec la même force, soutenaient pendant cinq ans une concurrence contre les efforts des économistes du libre-échange qui semblaient accuser une sympathique connivence, sinon avec des producteurs étrangers, du moins avec l'industrie mercantile qu'accueillent nos ports maritimes.

Cet état des choses, soumettant la plus précieuse denrée alimentaire à la convenance des petites bourses et des bons estomacs, doit obtenir le suffrage universel, en raison de la supériorité numérique de la population ouvrière, et débouter les prétentions des *gros bonnets* du village par une conclusion essentiellement mathématique, à laquelle ne manquera

(1) A Lampsague, Xénophon, ayant terminé son expédition, est réduit, faute d'argent, de faire violence aux affections du guerrier, de vendre son cheval de bataille, noble compagnon de ses exploits.

(2) Expression monétaire encore en usage, la pistole, 10 francs.

pas de souscrire l'autorité administrative à gros
émoluments et moins ouvrière que théoricienne,
dont l'habileté spéculative a été mise à l'épreuve
pendant les époques d'instabilité gouvernementale,
pendant les vicissitudes de la politique lancée dans
la carrière du progrès et de la théorie pratique,
par la puissance gazo-électrique des machines, in-
trouvables pendant la fulmination des grandes masses livrées à l'explosion ; aussi, dit Pascal, abon-
dant dans le sens de Jean Bonhomme et du soldat
cultivateur : « Telle vérité positive, telle théorie
» certaine, au fait et au prendre, ne se trouve plus
» la vérité pratique ; qu'elle trompe et met en dé-
» faut celui qui s'y est trop confié. » Il y a, dans
le ciel et sur la terre, dit Hamlet, plus de choses
que notre philosophie n'en voit dans ses rêves. En
effet, toutes les causes productives d'un fait accompli ne se découvrent pas immédiatement et spon-
tanément à la recherche de l'homme le plus éclairé,
à l'esprit le plus observateur, et bien souvent c'est
l'instinct qui y porte la lumière ; et dans ce sens, on
n'a pas tort au village, lorsqu'on rapporte instincti-

vement les paroles de l'orateur romain (1) en s'a-
dressant au peuple-roi : « Ah ! chers concitoyens,
» que celui qui fagoterait habilement un amas de
» de toutes les âneries de l'humaine espèce dirait
» merveilles ! »

Toujours est-il que le prix rationnel d'un produit
est celui qui convient au producteur, puisque celui-ci est toujours tributaire à l'ouvrier dont les besoins et les droits sont reconnus par la loi suprême :
la nécessité à laquelle le producteur est forcément
le premier à souscrire sous peine de voir cesser ses
travaux productifs, dont l'ouvrier est l'agent mo-
teur ; de là il résulte que la satisfaction de l'un devient celle de l'autre. Ainsi raisonne-t-on dans les
zônes tempérées où doivent prospérer les travaux
des champs sous les auspices d'une législation et
d'un pouvoir protecteur et exécutif qui interdit les
spéculations occultes, subversives du bon ordre, en
garantissant à chacun la rosée céleste qui lui est
échue providentiellement et le libre exercice de ses
facultés et de ses droits, dont le plus important est

(1) Cicéron. Comme d'habitude, la plébécule couvre de ses
vivats la voix de l'orateur du Forum.

celui qui s'appuie sur le devoir, et comme la sentinelle qui veille sur la poudrière, de pouvoir parler haut, et au besoin, d'écrire librement dans les formes et la mesure des convenances voulues par le progrès et les libertés sociales du xixᵉ siècle, à la fois intelligent et matériel, peut-être plus scrutateur que scrupuleux, siècle de progrès et de vélocité gazeuse, siècle de libres penseurs et de penseurs industrieux, anonymes ou travestis en pseudo-prophètes, qui exploitent la passive matière en tout sens, dans toute sa porosité, le microscope en main, qui croient pouvoir la dégager, en quelque sorte, de ses rapports intimes avec la sublime essence qui lui communique et entretient ses vertus, ses propriétés virtuelles et régénératrices, bien que subordonnées aux vues du Créateur suprême, dont l'action mystérieuse ne se révèle que par la contemplation, une recherche éclairée, une foi vive ou un don providentiel (1), sans lesquelles dispositions

(1) Il est avéré que la matière ni l'espace ne sont plus à même d'arrêter les vues de l'homme raisonnable ; que l'espace a beau reculer ses limites, elle n'empêchera pas la communication des peuples, ni leurs rapports sociaux. Aussi la science et le progrès matériel paraîtraient fabuleux du point de vue des générations

de l'être pensant, la barbarie devient l'apanage de
l'humanité réduite à subir ce dernier degré d'asser-
vissement. Aussi, l'infime industrialisme, qui a pro-
voqué cet écrit d'un soldat campagnard, s'efface-
t-il, ou du moins n'est plus en saillie en présence
de l'énormité du crime antisocial , anticatholique,
antichrétien qui porterait atteinte à l'inviolabilité
du bon droit, qui émane du bon Dieu, comme l'on
dit au village, et qui seul est grand (dit le pasteur en
présence du cadavre d'un grand roi) et par cela
même, est seul dispensateur de la fortune, de la
puissance, de la gloire et de l'immortalité comme
de la solidité du roc apostolique auquel s'attache

passées et même à nos sceptiques contemporains, éloignés de la
scène de notre activité industrielle ; ils voudraient voir et
toucher pour croire au miracle ; ils crieraient au faux prophète
et feraient lapider celui qui acclamerait la réussite du don providentiel, et, néanmoins, le succès de l'immersion du cable tran
satlantique n'est pas moins une merveille, un phénomène, *un
miracle* du xixᵉ siècle. Que dirait, en effet, Christophe Colomb,
s'il pouvait assister au magnifique spectacle des deux continents
qui se sont rapprochés au point de permettre, en moins de deux
heures et demie, une correspondance par la télégraphie électrique ? sinon que la foi et l'espérance sont des agents puissants
chez la chétive créature qui se livre à l'ouvrage sous l'inspiration
du Créateur omnipotent, et que le levier d'Archimède serait ma-
niable, le bon Dieu s'y prêtant comme point d'appui !!

l'ancre du salut, l'immuabilité des domaines du
Saint-Siége, la stabilité des Etats et le bonheur des
peuples, qui n'est qu'une émanation du principe
monarchique, ou de cette royauté divine, primor-
diale, qui se transmet aux générations sous le toit
paternel, où la famille se réchauffe au foyer héréditaire sous l'influence des traits affectueux du chef,
défenseur né et gardien vigilant des droits acquis.

Méfions-nous donc de l'industrialisme de bas et
de haut étage, qui aspire à un succès inique par les
manœuvres et les cauteleux cheminements qui s'en-
veloppent des épaisses, orageuses et captieuses ténèbres de la chicane, pour mieux surprendre la
vigilance tutélaire qui sauvegarde nos foyers et nos
campagnes, qui veille sur l'humble bergerie du
hameau comme le dévouement de la sentinelle sur
la noble citadelle dont les remparts (courtines,
bastions, voûtes et casemates), ne laissent de répercuter au loin l'avertissement sauveur : Prenez garde
à vous ! Aussi, et pour en finir avec l'industrialisme
qui exploite la crédulité villageoise, disons que
mieux vaut un ennemi déclaré, vigoureux et l'arme
apprêtée, que l'insidieuse prévenance des gens

d'affaires, faux amis dont la foi douteuse ne justifie que trop la vérité du proverbe ou des paroles stridentes que le vent nord-ouest d'outre-Manche nous siffle des bords de la Tamise :

An open foe may prouve a curse,
But a pretended friend is worse.

XII

Nous avions espéré que la presse parisienne aurait accueilli notre *Cri d'alerte !* Etait-ce une illusion d'un beau jour, ou bien le rêve d'une belle

nuit ? Toujours est-il que ce n'est pas seulement
pendant que les songes exercent leur empire sur
l'impressionnabilité d'une ardente imagination, pendant que la cervelle illusionnée au village découvre
une riche moisson par une mauvaise saison, les bienfaits d'une liberté sociale pendant les gémissements
de la presse, le succès des industries nationales
pendant l'écoulement à bas prix des produits des
champs et des usines ; ce n'est pas pendant ce jeu
fantasque du cerveau que la raison perce, que la
vérité se fait jour ; tout ceci, bien qu'enchanteur,
n'est que la caresse d'un songe qui nous berce, qui
nous découvre nuitamment, parfois en plein jour,
les attraits d'une charmante....déception.

Il en est de même alors que le villageois parcourt
ses champs et rend grâce au ciel des rosées abon-
dantes ; alors que son esprit, éveillé sur l'industrialisme de haut et de bas étage, reçoit néanmoins la
douce consolation de voir en perspective la presse
de la capitale plus virile, mieux renseignée, plus
éclairée que sa sœur provinçiale, mettre en évidence
au grand jour du soleil les rustiques doléances du
peuple agreste qui ne laisse de gémir sous le serre-

ment de la chicane aux griffes usurpatrices et dont
l'insatiable avidité ne se compare qu'à celle de la
révolte égoïste travestie en bon apôtre, ami du peuple et du catholicisme, au point de glorifier l'œuvre
qui tend à dégager le vicaire du Christ des embar-
ras d'une administration temporelle, comme s'il
était permis à un catholique sincère, citadin ou villageois, haut ou bas placé sur la passive roue de la
fortune, d'ignorer ce dogme terrible « que les cieux
souffrent violence ! » et que les intérêts mondains
de la souveraineté pontificale touchent à la fois aux
droits les plus populaires, aux bases de l'ordre sociale, à l'équilibre européen, comme à la paix du
genre humain, et que la créature ici-bas n'est pas
un être simple, mais une créature complexe ; et
bien qu'elle soit forte par la foi et l'espérance, qu'elle
n'est pas moins soumise aux fatigues, aux besoins et
aux épreuves qui imposent à l'être spirituel ou éter-
nel des ressources matérielles ou temporelles, pour
mieux remplir les pénibles devoirs exigés pendant
la pérégrination de cette vie temporaire qui se par-
tage entre les puériles illusions qui se pavanent au
grand jour, et les rêves mystérieux de la nuit, qui

ne laissent parfois que de porter conseil, au nom du repos public et de l'ambition fourvoyée.

Toujours est-il que, d'après la missive déclinatoire ci-après, notre *Cri d'alerte* n'est pas plus favorablement entendu au grand centre des lumières parisiennes et des voûtes répercussives de la capitale, que chez l'imprimeur typographe dont la presse gémit en province sous la pression officielle de sa circonscription préfectorale.

Paris, 1860.

Monsieur,

Nous avons reçu votre lettre du 19 courant, nous vous remercions de la proposition que vous voulez bien nous faire ; mais, en ce moment, nous ne pouvons rien mettre sous presse pour plusieurs raisons très graves !

Nous avons bien l'honneur d'être,

Monsieur,

Vos etc., etc., etc.

Quoi qu'il en soit des cris du cœur, des doléances de l'âme, des empiétements de l'usurpation, des revers de fortune, des étouffements de la presse, de la dénégation de publicité, des illusions et des mirages qui se jouent dans nos campagnes des bras et des cerveaux subalternes, espérons encore qu'une

puissance protectrice défendra le bon droit et que,
réveillant le monde endormi jusque dans nos der-
niers hameaux, le génie du bien couvrira de son
égide la veuve et l'orphelin dont la spoliation ne
peut être que le fâcheux pronostic de plus grands
malheurs, de l'ébranlement de l'ordre, du succès
de l'injuste, du renversement de ce qui est sacré !

Aussi, devons-nous nous méfier de toutes ces insinuations, de ces doctrines et proclamations spé-
cieuses qu'emploient les prédicants de l'industrialisme pour mieux caresser les passions folles d'une
multitude aveugle dont les sens ne perçoivent que
par l'instinct de l'animal, toujours prêt à se courber
même devant un gladiateur féroce, et à élever des
bûchers aux vrais croyants dont les efforts tendent à
progresser avec le christianisme, dont le flambeau
éclaire l'humanité et sur la parole traditionnelle et
sur les mystères de l'idéal qui active par incitation
et fait progresser par la foi.

Et, en effet, tout marche, tout progresse dans la
sphère intellectuelle ; aussi, serait-ce en vain que
l'on chercherait dans le monde civilisé un individu
qui ne sache que l'invisible est aussi réel, aussi sen-

sible que le visible ; *visibilium omnium et invisi-
bilium*, et que la puissance musculaire des quatre
bœufs qui labourent le champ du campagnard n'est
plus que celle d'un pygmée comparativement à la
force de la chose invisible, aérienne, gazéiforme,
voire même spirituelle, dont la créature est aujour-
d'hui redevable au Créateur, révélateur par l'inspiration d'une idée que reçoit la foi de l'homme de
bien toujours d'une force supérieure à la matière
brute. Aussi, d'un seul regard investigateur, ré-
chauffé du reflet d'un rayon divin, surgit l'indice
d'une mystérieuse perception que le doute livre au
creuset de l'expérience et par cela opère un miracle, dispense l'homme des champs de la pénible culture intellectuelle dont le propre est de joindre à
une cervelle bien cultivée, un cœur sain, généreux,
patriotique, avec une âme religieuse, noble, chevaleresque, qui conduit l'homme de bien à travers les
siècles, qui le présente à l'éternité comme l'élu de
la création et exclusivement appelé à progresser au-
delà les limites du temps et à aborder l'immortalité
et le Tout-Puissant. Ainsi, avons-nous la conscience
que cette traînée de fumée infime, qui signale les

saletées mondaines du génie sceptique de l'industrialisme à la fois remuant, rusé et batailleur, que
l'ascendant de ce génie malfaisant ne prévaudra
pas sur les efforts bienveillants du bon génie, du
génie de nos pères, qui veille sur nos campagnes et
sauvegarde la propriété rurale des cauteleux assauts de la déprédation chicanière qui ne laisse
d'exploiter, comme nous l'avons dit, les époques de
transition politique, sociale peut-être ! semblable
à quelque chose près à l'individu aux aguets qui se
blottit sous le rocher par une nuit obscure, sillon-
née par les éclairs de la foudre, mais toujours à
l'abri de l'orage, et qui convoite les tempêtes en
sollicitant des flots écumants et révolutionnés, les
lugubres épaves d'une nature en démence ! si nous
osons juger d'après la faible portée de nos sens qui
ne sauraient atteindre le but providentiel que notre
faiblesse intellectuelle couvre du mystérieux phénomène dont s'enveloppe l'inconnu.

De même, dans l'ordre moral de nos perceptions,
qui est-ce qui peut interpréter favorablement la
mystérieuse politique qui accuse dans les hautes
régions de l'humanité, avec une sorte d'affection co-

mateuse, un tâtonnement d'aveugle , et au point de
faire supposer que les conducteurs du vieux monde
sont frappés à la fois de cécité et de prostration par
un trop vif éclat de lumière qui, se répandant sur
notre hémisphère , expose la région inférieure du
corps social à tous les excès de la folie inhérente à
une exubérence d'ambition mondaine qui paraîtrait
aux physiologistes une surexcitation des fonctions
céphaliques , troublées dans leurs rapports avec
celles du cœur, soit par l'exaltation provenant d'une
cérébrite ou inflammation du cerveau, soit par une
trop forte somme de vitalité qui rompe l'équilibre
de l'homme matériel ou mondain avec l'être pensant ou immortel ? Toujours est-il, que le cas mérite de réveiller le devoir et d'imposer une obligation active et efficace , sinon aux pouvoirs politiques qui, ballotés par les flots et les vents des sinistres, semblent avoir perdu la tramontane ; du moins aux bienfaiteurs de l'humanité, appréciateurs des ressources de l'art : Du recours aux saignées, aux calmants, aux antiphlogistiques si savamment employés par un dévoué praticien de la République, du Consulat, de l'Empire et de la Res-

tauration, ou gouvernement légitime et constitu-
tionnel ; alors qu'une vieille expérience avait sug-
géré à un maréchal de France, comme souverain
remède, de faire avancer l'artillerie hydrolique de
la capitale et d'attaquer les émeutiers en plein front
de bataille ; puis, par un mouvement oblique sur
leurs flancs, d'opérer enfin sur les derrières, dès
que les masses seraient en position , concentrées
sur la place Napoléon, centre d'explosion, où s'é-
lève un glorieux monument qui jalonne aux ambitions mondaines, avec l'éclat d'une magnifique fu-
sée, la route de l'apothéose et des plus nobles dé-
ceptions sous les auspices de l'Aigle olympien qui
plane avec le sentiment de sa belle nature sans
éprouver l'horreur du vide !... et encore moins les
joies du bocage !

Quoi qu'il en soit de cet incident épisodique de
la soi-disant *Comédie de quinze ans* qui a succédé
à notre gloire boréale, répétons, en terminant, un
dernier cri d'alerte : ... Garde à vous ! car nous
devons signaler une neutralité ou non intervention
inouïe, une incurie déplorable , un laisser-aller
d'autant plus compromettant qu'il ne cèle pas même

8

une active connivence à une époque de spéculation qui menace non seulement les chrétiens de l'Orient, mais aussi tous les peuples et leur nationalité, les souverains et leur dynastie, les familles et leur postérité, le droit et la propriété, enfin le trésor public et la fortune privée, livrés également au hasard d'une entreprise d'aventurier dont l'industrialisme avancé et protégé ne laisse d'accélérer le progrès révolutionnaire, sinon au pas de charge, noble, généreux, martial, du moins au pas de la Carmagnole, comme si le progrès, bientôt vingt fois séculaire du christianisme, devait terminer par une scène carnavalesque et précipiter notre civilisation dans les flots fangeux d'une despotique barbarie.

Se peut-il que le haut industrialisme, comme une idée supérieure se sauvegarde par l'ascendant de sa supériorité, ou que, par l'éminence d'une position, il soit permis de se prélasser sans craindre les cupides et ambitieuses prétentions du bas industrialisme qui ne laisse de cajoler pour mieux enjoler, et d'employer tous les artifices du bas étage pour monter au premier, d'où jouissant du bénéfice d'un fait accompli, l'on dirige et contrôle avec un tact opportun jusqu'à l'urne qui proclame la volonté des masses plébécites dont la puissance numérique est souveraine tant que la majesté du trône ne cède, ne craque et ne s'affaisse sous la lourdeur matérielle d'une populace fourvoyée , toujours prompte à détruire, rétive à l'édification ?

En voilà peut-être assez de notre *Cri d'alerte* et peut-être y en a-t-il de trop, ce qui serait une fausse alerte, plus fatiguante qu'utile et bien moins qu'assez, en présence de l'énormité des faits accomplis et de l'interprétation du vocabulaire du libéralisme avisé, dont les aspirations indéfinissables dépassent les limites du droit, se livrent au courant d'un progrès déraillé par la pressante excitation d'une voix mystérieuse : « Frappez, et tout vous sera ouvert », s'écrie en ricanant du haut des Alpes l'oiseau de Jupiter, dont la foudre ouvre une large brèche à l'ambition égoïste et aventurière qui s'y précipite aux acclamations d'une plébicule moins vorace que gobe-mouche.

En présence de tant de faits subversifs du bon ordre, qui se succèdent et s'exploitent, qui font bêler, beugler et dépeupler nos campagnes ; qui font grever nos ouvriers, chômer nos chantiers et nos usines, nous pouvons supposer les empiétements d'un mauvais génie et reconnaître que c'est ce génie du mal qui a toujours ébranlé le monde, tantôt par les excès d'un despotisme inquiet, soupçonneux et remuant, tantôt par une quiétude perfide et tyranique, par une lâcheté de fanfaron qui coure aux armes et s'arrête coi au moment suprême, et plus souvent encore par les effets du jeu organique d'une justice désorganisatrice ou de spoliation.

Aussi, pouvons-nous répéter que c'est par cet esprit malin, antipatriotique, que les cités font entendre au loin la grosse voix de la révolte, et que le laborieux campagnard abandonne la direction de la charrue, la culture des champs pour grossir les populations flottantes avec les têtes écervelées qui braillent des acclamations de commande, tandis que des bras armés de brandons les livrent au souffle d'une sinistre époque de haut et de bas industrialisme, dont le concert de vues éversives tend à dérailler le train du progrès providentiel pour mieux retarder, par des efforts sataniques, la marche du christianisme, l'espoir de l'humanité !

XIII

Bien que la simplicité native de la campagne
donne prise à l'adresse et découvre le défaut du bouclier aux gens plus avisés que généreux, qu'un bat-
tement de cœur sympathique se manifeste au cri de
guerre, au roulement du tambour qui annonce l'ou-

ragan avec sa noble poussière, bien que le raliement de la jeunesse aux époques de trouble et de
. haut industrialisme ait quelque chose de commun
avec le mouvement moutonnier d'une scène pasto-
rale ; que les boucs émissaires qui paraissent au premier plan du tableau méritent toute la considération de la race ovine ; nous devons néanmoins
avouer que les appréciations de l'homme des champs,
pour être le produit du sens commun ou d'une nature inculte, ne sont pas moins celles, avons-nous
dit, d'un tact et d'une finesse remarquable, d'un
jugement qui se forme d'après de suprêmes inspirations, quoique de mystérieuses manifestations
ne laissent d'échapper à la règle classique, aux démonstrations de la science en se voilant des obscu-
rités de la métaphysique la plus abstraite. De là ces
mirages champêtres, ces visions, ces mythes, ces
impressions féériques, ces légendes que la tradition
transmet d'âge en âge, de génération en génération,
en honneur des bons esprits et en exécration des
mauvais qui ont tour-à-tour fait les délices et excité
l'animadversion de leur époque.

Aussi, tel *rustre*, au plan de foire, qui tâte, qui

palpe, qui mesure de l'œil une paire de bœufs avec son agreste perspicacité, sait-il parfois mesurer la taille des gens et apprécier leur valeur, leurs vues, leurs pensées intimes.

Et, en effet, le villageois *gros bonnet* n'ignore pas que l'homme le plus ou le moins habile, le plus ou le moins utile n'est que le passif instrument d'une idée ; que cette idée n'est que le produit intellectuel d'un bon ou d'un mauvais génie jouissant du libre-arbitre, exploitant le libre-échange et doué de la faculté de percevoir, d'animer, de gouverner ou d'amortir ses propres aspirations au gré de ses vues.

Quoi qu'il en soit, cette vision de l'esprit est néanmoins soumise à la volonté d'une omnipotence surhumaine dont l'intervention mystérieuse n'est pas moins d'une équité providentielle qui conduit l'univers quand même... et qui, en dépit de l'industrialisme, qu'il rampe ou qu'il vole, ne laisse pas de faire vaciler, osciller les chétives créatures ; de varier les espèces en confondant les races et les nationalités pour le plus grand, le plus parfait accomplissement de ses vues providentielles.

Voilà la première impression théologique que

l'esprit inculte reçoit de la nature agreste !... Au pasteur apostolique l'enseignement du dogme ou la révélation des vérités, et dont l'initiation met la créature en relation avec le Créateur, et par cela le relève à la hauteur du chrétien qui domine ici-bas, et n'est assujetti qu'à son devoir, qu'il assiste en conseil, qu'il conduise sa charrue, qu'il porte la houlette, la pioche ou le sceptre de la puissance mondaine ; qu'il habite un palais ou qu'il s'abrite sous la chaume ; qu'il soit le dernier, le premier ou le mitoyen dans l'ordre hiérarchique de la communauté sociale.

Aussi, d'après la nature de l'homme des champs, le sens instinctif des villageois ne saurait se fausser en présence des lumières qui viennent d'en haut, qui font reluire à ses regards les splendeurs et la majesté de la nature agreste, dont les plus grandes horreurs sont les plus sublimes beautés qui agissent sur l'âme comme la rosée vivifiante sur le brin d'herbe qui souffre, et ne craignons pas de dire, sous l'impression du sens commun, que l'athéisme, ce monstre hideux, caressé par un cupide instinct de rapine, par l'audace d'un flibustier ou par l'in-

dustrialisme de bas et de haut étage, aurait beau
vouloir se répandre, ricaner la bonhomie campa-
gnarde, la conscience du hameau repousserait le
blasphême comme une profanation de l'autel du bon
droit, de la justice, du Dieu de nos pères qui ne
laisse de dominer toutes choses, mêmes les insinuations des plus roués mécréants dont l'espoir se borne
et se perd dans la sombre perspective du scepticisme : *To be? or not to be?* (1) ou bien du rationa-
lisme : *Whatever is is best!* (2) philosophie de circonstance, de commande, de *statu quo*, du fait accompli ; or, de la révolte, dont le miroitement est
plutôt celle d'un louche biaisement de principes que
celle du courageux élan de la justice léonine, toujours plus digne que les poltrons détours du tigre,
dépisté même chez l'arabe, par la valeur et le progrès du christianisme qui ne saurait reculer devant
une lâche impiété qui égorge sans danger pour
triompher par le fait accompli ! comme ces êtres
aux instincts subalternes qui ne prospèrent que dans
l'eau trouble, qui ont horreur des milieux limpides,

(1) Revivre ou mourir corps et âme ?
(2) Tout est pour le mieux !

comme si la négation du bon droit, de la vérité, de
la justice et de l'ordre, devait suffir à l'affirmation
de leurs vues, de leurs efforts rétrogrades, et en-
traver la liberté, dévoyer le progrès, précipiter les
trônes pour arriver à la consécration de la puissance matérielle, comme si, de retour au paganisme
après une absence de 1862 ans, une paire de bœufs,
en pleine foire, aurait plus de valeur intrinsèque
que l'inspiration qui découvre, au xixᵉ siècle du christianisme, les ressorts cachés de la nature ; d'abord
par la lumière vacillante d'une idée vague, devenue
forte par la persistance de la foi ; puis par le grand
jour qui se lève d'une intelligence supérieure renforcée par la grâce qui fait reculer la matière ani-
male, et, finalement, triompher d'un fourbe indus-
taialisme pour la gloire de Dieu et l'avenir de nos
campagnes.

Si la politique louche ou l'art de gouverner en
biaisant, de tromper et d'insurger ; si cette politique, en traversant nos sillons et nos héritages, em-
piète aux pas obliques sur les droits acquis et laisse
ainsi des traces à déplorer, nous pouvons avouer
qu'elle n'est accueillie chez les campagnards que

comme ces phénomènes atmosphériques qu'envoient
les hauteurs lointaines où se forgent avec la foudre
de l'Olympe, la grêle, les avalanges et la puissance
torrentielle de la dévastation ; dont toutefois, le clocher gothique est plus ou moins préservateur tant
qu'il ne se trouve délaissé par le génie protecteur
des monuments de la civilisation chrétienne (1).
L'industriálisme étant le propagateur de cette politique hybride ou équivoque, il importe à la voix,
amie de l'ordre et du progrès, de dénoncer cet ennemi commun, de proclamer ses vues, de signaler
ses menées, non seulement aux rustiques esprits,
moins simples que de bonne foi, mais aussi aux gardiens du dépôt sacré de nos libertés. A cet effet,
notre cri d'avertissement ne laisse de trouver l'accueil de la sympathie en haut lieu, aussi bien qu'au
tour de la croix paroissiale, point de raliement heb-
domadaire de la plaine fertile , riche en bienfaits,
ainsi que l'accueil retentissant de l'écho patriotique
au pied de la montagne où bondissent les capripè-

(1) Il serait à désirer que tous les monuments , présentant au
sommet une forme conique ou pyramidale, ussent un appareil
pour préserver des effets du tonnerre ou fluide électrique.

des, à la fois fiers et joyeux d'une liberté inconnue
aux espèces subalternes, aux pieds plats, condamnés à l'abjection par des instincts également rapa-
ces et propres à la fouille.

Enfin, terminons par un salut de déférence : à la
campagne, le feutre qui s'incline exprime le respect
et c'est le moins qu'un auteur, aussi campagnard
que consciencieux, peut offrir à son lecteur indul-
gent ; car par le temps qui court, avec une vélocité
gazo-électrique, on ne saurait accorder à cette marque de considération plus que la valeur vénale de
la foi internationale qui semble conspirer par un
système de non-intervention, et glorifier une époque de prévarication, de compérage de bas et de
haut industrialisme !

J'ai dit, comme on dit au village, le cœur sur la
main ; aussi j'ose espérer que ces quelques pages
seront reçues comme la voix amie, comme celle de
la bienveillance et des conférences en faveur de la
charité qui n'ont de portée que pour le bien, et que
l'on ne nous saura pas moins de gré de notre *Cri
d'alerte* que les brebis qui nous cèdent leur toison
et dont notre vigilance est la sauvegarde ; que les

bœufs qui se prêtent aux travaux de nos champs, que
nous aiguillonnons parfois, que nous protégeons
toujours avec les sollicitudes prescrites à l'humanité par les lois éternelles d'une providence qui
veut l'ordre hiérarchique, soumission et protection, qui impose la puissance du droit en proscrivant
l'usurpation, pour le plus grand intérêt de la communauté universelle. Et quels que soient les arcanes,
les décrets mystérieux qui gouvernent les vicissitudes de la situation perplexe dans laquelle agissent
présentement les passifs instincts et les esprits re -
muants, l'active pensée des hommes et le placide
mouvement des animaux, nous pouvons encore espérer que l'industrialisme est, et sera toujours re -
connaissable à son allure oblique, à son regard faux,
à sa mobilité cupide et aventurière. Disons aussi
que, si le premier cri de la faible humanité accuse
une mystérieuse alerte, son dernier souffle articulé
ne laisse que d'être l'expression d'une prière acquise de droit divin aux généreuses âmes pleines de
foi qui paraissent déjà avec l'éclat du héros chrétien, jusques et au-delà du seuil de l'éternité, et
pour la cause la plus légitime, celle du christia-

nisme ! (1) ... Christianisme qui embrasse toutes les aspirations de la nature humaine dans ses rapports avec le ciel et la terre, présentes et futures, et dont les lois imprescriptibles, dictées par le Créateur, se résument par l'immortel Décalogue, à la fois base, colonne et clé de voûte de l'édifice social, temple de la liberté, si chère à la foi romaine, inséparablement liée au progrès intellectuel, au maintien de l'ordre et du bon droit dont la consécration assure à la citée, l'entrain d'une active et joyeuse civilisation ; à nos campagnes les agréments et les fruits d'une charmante floraison qui, parfumant une riante perspective, fait plus espérer d'une providence éternelle que des combinaisons temporaires qui exploitent le temps en façonnant les choses.

C'est aussi dans cet espoir qu'apparaît cet opuscule, le produit d'une plume d'oie ramassée sur le bord de l'abreuvoir et taillée au naturel, sans préparation acérée, ni emploi de caustiques, et en vue des seuls intérêts du pays. Aussi, cette chétive dé-

(1) Voir la défense de Castelfidardo, de Spolette, où 300 Irlandais sont venus se faire massacrer pour la cause du bon droit, du principe d'ordre *hiérarchique*, puissance sacrée : (*hierosarché.*)

pouille de l'oiseau palmipède peut-elle paraître un anachronisme, en présence des volées de plumes d'aigles, à pointes métalliques, et qui planent avec expansion , qui suivent le progrès avec plus ou moins de sollicitude ; mais en perdant de vue le bien - être et l'agreste demeure du campagnard, dont la première richesse est la paisible possession d'un champ arrosé par un cours d'eau ; la première vertu, le courage au travail ; le premier moyen, une paire de bœufs.

Et bien que les ambitions fourvoyées en haut lieu s'évertuent à remuer ciel et terre, comme des pyg-mées à l'ouvrage, à détacher le temporel du spiri-tuel, le soleil de son parcours, le vicaire du Christ de son rocher de granit, voire le possesseur légitime de ses droits acquits , nous osons néanmoins pré-tendre en toute confiance et avec une fierté de cam-pagnard, tempérée de l'humilité chrétienne , que notre cri d'alerte ne saurait avoir une signification moins légitime ni moins saisissante que la torpeur comateuse de la *non-intervention* , qui rêve une li-berté de dévastation et un droit de spoliateur, mais dont le réveil est un sursaut, un repentir, par lequel

l'honnête homme échappe aux vulgarités des instincts infimes, aux mouvements désordonnés de la
mécréance, à l'appétence des êtres non pensants ;
enfin à l'absorbtion par la passive matière et comme
par l'inspiration d'une grâce de privilégié.

Quoi qu'il en soit, nous avons dû approuver l'intime réserve de quelques honorables imprimeurs-
éditeurs et mettre leur discrétion sous l'égide de la
prudence, en même temps que, d'après leurs bienveillants conseils pratiques , nous livrions ces
quelques pages à la poussière de notre carton aux
rebuts.

Mais voici qu'un nouvel assaut du bas industrialisme, se couvrant d'un ostensible épaulement et
sous la protection d'une manœuvre oblique, menace
de nouveau, en première instance, un possesseur
légitime (d'après acte notarié, dûment enregistré
et corroboré de *purge légale* !) Aussi les attaques,
habilement disposées, chargent simultanément et
grèvent sa propriété de toutes les servitudes qui
doivent immanquablement arrêter ses bœufs en plein
sillon, par suite des omissions et des échappatoires
adroitement ménagées pour vicier un acte d'acqui-

sition (1). De là, la chicane processive qui met *en
joue* la propriété, qui frappe judiciairement de but
en blanc, et dont le résultat est la chose jugée ou
le fait accompli ! toujours assez retentissant à la
campagne pour réveiller les plumes d'oie et perpé-
tuer souvenance de l'historique clameur capitoline,
avec le proverbe romain : « Mieux vaut une oie
éveillée qu'une puissance endormie » et dont les
sympathies douteuses ne sont guère plus rassuran-
tes que n'était la vaine présomption de ces insulai-
res de la Méditerranée qui, végétant dans leur *ma-*

(1) *Etude de Me A..., avoué-licencié.*

M..., le 19 juin 1861.

Monsieur,

Le tribunal vient de rendre son jugement dans l'affaire en litige.

Il a constaté le droit d'exploiter votre carrière, et par cela de circuler librement dans votre champ.

Mais il a aussi reconnu que le vendeur vous avait trompé; il a néanmoins jugé que l'exercice d'un droit d'exploitation ne devait vous *causer que peu de préjudice*, et à raison de cette appré-ciation, il n'a condamné le vendeur qu'à *quinze* francs de dom-mages-intérêts.

Vous verrez si vous devez accepter ce jugement. Je n'avais de-mandé que 2,000 francs de dommages-intérêts, convaincu que vous y aviez droit en raison de la position qui vous a été faite à votre insu.

Je suis désolé, etc....

Veuillez, agréer. Monsieur, etc.

9

quis ou cramponnés à leurs rochers, ont osé aspirer
de bas en haut ou regarder de haut en bas les maî-
tres du monde païen, et s'obstiner à narguer la République se persuadant de parvenir tôt ou tard à la
domination de Rome (1)?.... De cette Rome aujour-
d'hui le phare du christianisme, le boulevard du
droit et de la justice en dernier ressort , le centre
de toute civilisation ! Ville éternelle , assise sur le
solide, et dont les dômes séculaires fatiguant le
temps, dominent les tempêtes au nom de l'omnipotence du bon Dieu qui soutient le faible , quand le
bon droit est sans force.

Enfin, prévenons, s'il se peut, ce mauvais vent de
la mécréance qui a soufflé, qui a renversé sans avoir
laissé la trace d'un bienfait ; et résumons nos impressions par un dernier mot d'un patriotisme qui
n'aspire qu'à l'ordre par lequel s'édifie un glorieux
avenir ; et avec la sincérité d'une prière fervente,

(1) Au dire traditionnel des Corses, ils n'ont jamais voulu s'incliner devant la puissance romaine , prétendant devoir la dominer
tôt ou tard ! Traduction libre de l'idiome des montagnards et des
paysans des bas lieux, des bandits, des gros bonnets, et fonctionnaires indigènes, que Théodore Paoli, *prince des bandits*, quali-
fiait, en 1826, du noble épithète de *Pidochio rifatto.* — (Voir ma
correspondance avec l'Institut historique, fondé en 1833.

formons des vœux pour qu'une lumière céleste nous vienne puissante comme une radieuse inspiration qui prévient, qui arrête le mal en répandant le bien, une juste protection aux droits acquis ; et à cet effet, que le pouvoir protecteur, éveillé et armé au nom du salut public, resplendissant de la gloire nationale, proscrive le haut industrialisme. Formons surtout des vœux pour que le bas industrialisme soit anéanti sous la pression d'une permanente surveillance, aussi bien que par un dispositif de la législature qui rende impossible la collusion même de parenté dont l'entente est d'autant plus dangereuse que la consanguinité et la tendresse en ligne maternelle n'excluent ni le talent, ni l'adresse, ni le génie processif qui, s'animant au lucre, remue jusqu'aux pierres tumulaires qui couvrent le passé !

Le 25 août 1862.

Moulins. — Imprimerie ENAUT. rue Saint-Pierre.

www.ingramcontent.com/pod-product-compliance
Lightning Source LLC
Chambersburg PA
CBHW060806250626
47162CB00005B/1690